VOYAGE

AU

YUN-NAN

PAR

J. DUPUIS

EXTRAIT DU BULLETIN DE LA SOCIÉTÉ DE GÉOGRAPHIE

PARIS

SOCIÉTÉ DE GÉOGRAPHIE

3, RUE CHRISTINE, 3

1877

EXTRAIT DU BULLETIN DE LA SOCIÉTÉ DE GÉOGRAPHIE

VOYAGE AU YUNNAN

Par J. DUPUIS (1).

En présentant aujourd'hui quelques fragments de mon Journal de Voyage sur la route par le fleuve Rouge, j'ai voulu surtout appeler l'attention de la Société de Géographie sur une des questions les plus importantes à nos intérêts dans l'Extrême-Orient.

Nous ne saurions contester l'activité des efforts de l'Angleterre pour prendre possession de l'immense marché chinois, et cependant nous avons en main la clef de la meilleure des portes qui puisse nous y donner accès.

On sait avec quelle opiniâtreté et quelle habileté les Anglais poursuivent leur œuvre, et si nous n'y prenons garde, nous les verrons bientôt maîtres du commerce de la nouvelle route.

Pourquoi cette indifférence dans notre pays? « Dans cette » excessive concentration chez soi, dit le célèbre économiste » Jules Duval, dans cette ignorance indifférente des affaires » économiques du reste du monde, est la faiblesse et l'on doit » dire le péril de notre pays. Si nous restions stationnaires » pour le nombre, pour les rapports extérieurs, pour les » fondations commerciales et coloniales, tandis que nos » rivaux prennent de proche en proche possession du monde » entier, un jour nous serions entourés d'un réseau invin- » cible de supériorités et de résistances. L'heure de la dé- » cadence française aurait sonné. »

(1) Communication adressée à la Société dans sa séance du 7 février 1877. — Voir la carte ci-jointe.

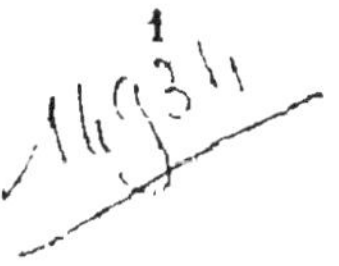

Les avertissements jusqu'ici n'ont pas manqué, puissent-ils réveiller en nous l'esprit d'initiative qui a fait la gloire de la France aux siècles passés et sans lequel aucune nation ne saurait vivre.

C'est pour trouver une route capable de servir en Chine les intérêts français, que j'ai consacré dix années d'efforts et de sacrifices de toute nature.

Lorsque en septembre 1870 je quittais Han-Kéou sur le fleuve Bleu, pour aller à la recherche d'un passage vers le sud-est de la Chine, j'avais déjà, en 1868-1869, effectué un premier voyage à la province de Yûn-nân; mais n'ayant pu à cette époque dépasser la capitale à cause de l'état de trouble de la contrée presque tout entière au pouvoir de la rébellion musulmane, j'avais dû me borner alors à gagner la sympathie des mandarins et à les intéresser à mon œuvre. La rébellion, menaçant de s'éterniser et d'entraver pour longtemps encore la réalisation de mes projets, j'arrivais au Yûn-nân, à la fin de l'année 1870, bien décidé cette fois à pousser jusqu'au fleuve Rouge, malgré l'état d'anarchie de toute la partie sud-est du pays que j'avais à traverser.

Le 25 février 1871, je quittais donc Yûn-nân-sèn, en compagnie de mon secrétaire Ouang, mandarin lettré, du grade de tche-hien (sous-préfet), qui dans ce voyage me rendit d'importants services, et nous nous embarquâmes sur un petit canal, aux portes de la capitale. Ce canal, qui fait communiquer la ville avec le lac de Yûn-nân-sèn, vient, après un parcours d'une lieue dans la plaine, se terminer à 100 mètres des murailles, à proximité de la porte qui est à l'angle sud-ouest de la ville. Sa largeur qui est d'environ 20 mètres, paraît suffisante pour que des barques mesurant 4 mètres de large puissent y circuler librement. Sur ses bords, un peu avant d'atteindre le lac, on rencontre une magnifique pagode qui sert à la fois de lieu de plaisance et de pèlerinage aux mandarins qui s'y réunissent les jours de grandes cérémonies. Le jour de l'an chinois, le vice-roi relève par sa présence l'éclat de la fête, et des régates réjouissent ces bords d'ordinaire si tranquilles.

Nous entrâmes bientôt après dans les eaux bleues du lac de Yûn-nân-sèn, véritable petite mer qui s'étend sur 120 lis de la capitale à Kouen-yang et sur 40 à 45 de l'est à l'ouest dans sa plus grande largeur. (Le li est de 577 mètres.)

Tout d'abord nous rencontrons de nombreux bancs de sable qu'il nous faut contourner pendant plus de 10 lis, et nous glissons, en nous aidant de la gaffe, au milieu d'herbes nombreuses et de roseaux. Nous perdons bientôt de vue ces derniers et nous filons à toute voile au milieu de cette immense plaine d'eau où la sonde accuse 40 à 50 pieds de profondeur et plus; les jonques d'un faible tirant d'eau s'accommodent mal des grosses vagues que le vent peut soulever instantanément sur le lac.

Des montagnes sous forme de falaises, bordent le lac du côté de l'ouest, et de gradin en gradin s'élèvent d'environ 300 mètres au-dessus des eaux. Leur flanc tourmenté, raviné, aride, présente en hiver, pendant la saison sèche, cet aspect des terres rouges et brûlées qu'on rencontre dans beaucoup d'endroits, parmi les collines élevées au nord de Yûn-nân-sèn et au centre de la province. Pendant la saison des pluies, elles se couvrent d'une maigre végétation; quelques pins rabougris, des buissons, le hou, apparaissent çà et là; mais nulle part on ne voit trace d'habitation.

La rive orientale présente, au contraire, un aspect tout différent. Là de petites étendues de plaine bien cultivée et parsemée de nombreux villages s'étendent au pied des montagnes.

Nous continuons à filer sur Kouen-yang. Vers le milieu du lac, la chaîne de l'ouest dessine un promontoire autour duquel nous apercevons disséminés, dans une gorge, quelques pauvres villages de pêcheurs; bientôt la chaîne s'arrête brusquement pour donner passage, à travers une étroite coupée, aux eaux du lac, qui vont rejoindre le fleuve Bleu.

Après huit heures de navigation, nous arrivons à Kouen-yang-tcheou, Là, comme aux environs de Yûn-nân-sèn, les eaux sont couvertes de joncs et de roseaux, et peu profondes, mais grâce à un petit canal que l'on a construit on peut, pendant une grande partie de l'année, débarquer sous les murs de la ville.

Kouen-yang affecte la forme régulière de presque toutes les villes murées de Chine, ici, c'est un parallélogramme. Une grande rue la partage dans sa plus grande longueur du nord au sud, et donne accès aux deux portes principales. Un petit faubourg subsiste encore et relie l'enceinte au canal; c'est le seul reste des grands villages qui autrefois entouraient les murs de l'est et du nord, les musulmans de l'ouest ont tout détruit. La ville n'a pas été épargnée non plus; de 10 à 12000 âmes qu'elle pouvait contenir, il en restait à peine 3 à 4000 à l'époque où nous traversions la province. La population avait en grande partie disparu, et les champs étaient en friche; mais quand nous y repassâmes en 1873 en venant du Tong-kin, nous trouvâmes le pays transformé et avec cette rapidité qu'on ne rencontre qu'en ce pays de Chine, où les insurrections sont si fréquentes et si terribles.

Les environs de Kouen-yang sont habités par des montagnards lo-los, ainsi que la ville où ils sont en majorité. C'est surtout dans cette partie de la province au centre, qu'ils sont le plus nombreux.

La route qui vient du sud et du sud-est par Lin-ngan, passe à Kouen-yang et va rejoindre à Ngan-lîn la route de l'ouest, de Yûn-nân-sèn à Ta-ly-fou.

Au sortir de Kouen-yang, la route gagne les montagnes et passe au-dessus des premiers contre-forts, se prêtant aux mouvements accidentés du terrain, sur un parcours de 20 lis, pendant lequel on a le lac à ses pieds.

Près d'atteindre la coupée par où s'écoulent les eaux du lac, la route tourne à l'ouest, afin d'éviter l'obstacle, franchit une montagne très-roide, puis descendant graduellement, elle vient tomber dans la vallée au village de Tchong-sin-Kaï.

Le chemin longe alors la rive gauche du cours d'eau qui prend son nom de la localité principale la plus proche qu'il traverse, Ngan-lîn. Il y a assez d'eau pour rendre cette rivière navigable; mais comme la quantité qui vient des montagnes est insuffisante pour les cultures, on a pratiqué des barrages sur son cours pour le besoin des rizières et de quelques moulins à huile et à blé.

Le bas de la vallée est assez peuplé, on rencontre à chaque pas quelque petit village. Des poiriers sauvages, quelques pins, toutes sortes de broussailles et d'arbustes apparaissent au pied des montagnes. Environ 25 lis au-dessous de Tchong-sin-Kaï, le chemin passe un petit mamelon pendant que la rivière décrit une grande courbe autour de ce mouvement de terrain, et après avoir rattrapé la rivière 5 lis plus bas, il débouche presque immédiatement dans la petite plaine de Ngan-lîn (1) distante de Kouen-yang d'environ 70 lis.

On entre dans Ngan-lîn par un pont en pierre à trois arches, très-large et garni de boutiques sur chaque côté. La ville a été entièrement détruite par les musulmans, ce ne sont à l'intérieur que des champs de décombres; des murailles il reste encore la voûte de la porte de l'ouest et celle du sud, les remparts ont disparu. Des débris de monuments, quelques portiques de pagodes, des vestiges d'arcs-de-triomphe attestent qu'autrefois il y avait là une ville; il n'y a pas plus d'habitants que dans une campagne où les maisons sont éparpillées. La rivière contournait autrefois une partie des murailles, mais barrée dans son cours par les décombres, elle s'est frayé un chemin dans la plaine et ne touche plus aujourd'hui qu'un point de la ville.

(1) Le *Lîn* des forêts et non pas *Ning*, comme on a écrit, c'est le même *Lîn* de *Lîn-Ngan*.

La plaine de Ngan-lîn, de forme circulaire, peut avoir de 2 à 3 kilomètres de large; mais au-dessous, la vallée se rétrécit immédiatement comme elle était au-dessus. Les montagnes qui l'enserrent sont boisées, principalement celles de l'ouest. Toutes ces contrées bouleversées par l'insurrection mulsulmane sont pauvres, un grand nombre d'hommes ont disparu, ceux qui restent sont fainéants, fument l'opium et laissent aux femmes le rude travail des champs.

Cette population se dit chinoise, mais elle est le résultat d'un croisement avec la race indigène, dont elle conserve encore le teint bronzé, elle a d'ailleurs très-peu conservé des qualités qui distinguent le peuple chinois. Les femmes ne sont pas jolies, elles n'ont rien non plus de la timidité de la femme chinoise, ni du soin que celle-ci apporte à sa toilette.

Il y a à Ngan-lîn un tan-*tcheou* (chef de district), fonctionnaire de même grade que le *tche-ly-tcheou*, mais d'un poste moins important; il n'a aucune sous-préfecture (hien) sous ses ordres, et il correspond directement avec la capitale de la province. On accorde un tan-tcheou aux localités placées dans des conditions défavorables par leur situation ou après quelque calamité, afin de leur donner plus d'autonomie. Ce tan-*tcheou*, qui est de nos amis, me dit que Ngan-lîn était obligé malgré la pauvreté du pays, de fournir au Foutaï (gouverneur) 600 soldats, 800 mesures de riz (une mesure est d'environ 60 kilogrammes) et 420 taëls (3 360 francs) par mois, sans compter les corvées, le logement et la nourriture pour toutes les troupes qui passent. Il a fait tout son possible pour garder ses 600 soldats, plus utiles dans le pays qu'à l'armée, et faire diminuer la quantité de riz trop forte pour le pays qui est pauvre, mais le Foutaï ne veut entendre parler d'aucune réduction.

En continuant à descendre la vallée, on arrive à Hô-longce, à 15 lis de Ngan-lîn. Là, les montagnes et celles qui ferment l'horizon commencent à se couvrir de pins et de sapins jusqu'aux sommets. Hô-long-ce est renommé pour ses eaux thermales. Cette localité possède plusieurs sources dont 3 principales; une d'entre elles pourrait faire tourner un moulin. Les eaux sont à un tel degré de température qu'on ne peut prendre les bains sans les laisser refroidir. Il y a un certain nombre de pagodes pour les baigneurs. Partout, dans l'Extrême-Orient, la pagode est un lieu public où tout voyageur peut s'établir et qui tient lieu de caravansérail. Après avoir passé quelques jours aux eaux de Hô-long-ce, nous revenons à Kouen-yang. De Kouen-yang suivant la direction du sud, nous remontons un petit affluent du lac : sur un parcours de 30 lis jusqu'au village de Sin-Kaï, où la vallée se termine, nous ne rencontrons que villages en ruines. Franchissant en pente douce la chaîne qui sépare le bassin du fleuve Bleu de celui de Si-Kiang, nous descendons le versant opposé au milieu des bois et par des escaliers presque à pic, qui vont serpentant jusqu'au fond d'un ravin profond et resserré. Là, des sources puissantes donnent bientôt naissance à un fort ruisseau qui va, sous le nom des principales localités qu'il traverse, comme la plupart des cours d'eau en Chine, se jeter à Posi, dans la rivière de Canton.

Le chemin suit le fond du ravin côte à côte avec le ruisseau; en temps de basses eaux, celui-ci ménage le chemin, mais pendant la saison des pluies, il envahit tout, les chevaux sont alors obligés de passer dans l'eau pendant que les piétons suivent dans les bois un étroit sentier. Au bout de 10 lis, le ravin va s'élargissant un peu et parvient à donner naissance à une petite vallée étroite, tortueuse, qui débouche bientôt dans la plaine de Sin-shin.

A la tête de la plaine, un peu à l'est de la route on trouve la position importante de Ta-in-tô, distante de 60 lis de Kouen-yang. C'est un village solidement fortifié et peuplé exclusivement de musulmans. La plaine de Sin-shin est certainement la plus belle et la plus riche du Yûn-nân. Elle a 50 lis de long sur 20 lis de large, sans aucune ondulation apparente, et les villages s'y pressent les uns sur les autres. Là le cultivateur fait trois récoltes dans l'année, celle du riz en été, des graminées ou des tubercules en automne, du pavot, et de quelques céréales en hiver. On trouverait difficilement un coin de terre non cultivé. Des montagnes de peu de hauteur, 4 à 500 mètres en moyenne, limitent la plaine à l'est et à l'ouest; elles sont dénudées, présentent l'aspect des terres rouges et brûlées dont j'ai déjà parlé, et à la saison des pluies, pendant laquelle la terre se couvre de verdure, on n'y aperçoit qu'une maigre végétation qui contraste avec la fertilité de la plaine.

La ville de Sin-shin est plus importante que celle de Kouen-yang comme étendue et comme population. Quand nous y passâmes en 1871, elle était au pouvoir des musulmans. Ces derniers, chassés par les Chinois des villages dans lesquels ils étaient disséminés, s'étaient groupés à Sin-shin et rendus à leur tour maîtres du bien de ces derniers. Rayonnant autour de cette place fortifiée, ils donnaient la main à leurs coreligionnaires établis comme eux sur certains points de la contrée, prélevaient les impôts sur le voisinage et vivaient tranquillement des revenus de leurs terres qu'ils faisaient travailler par les Lo-los. Menacés d'être attaqués, ils avaient fait leur soumission à la condition qu'on les laisserait s'administrer eux-mêmes, mais quand le maréchal Mâ vint faire le siége de Tong-Kéou, il leur ordonna de rendre l'autorité ainsi que les propriétés aux Chinois, promettant d'un autre côté, de leur faire restituer ce qu'on leur avait pris dans les villages d'où ils étaient originaires, ce à quoi ils finirent par consentir.

L'intérieur de Sin-shin avait peu souffert, mais il n'en était pas de même des faubourgs et de la plaine. Dans la ville, nous remarquâmes deux mosquées dont une très-jolie et qui par sa magnificence nous rappela les mosquées d'Orient. Le type arabe nous apparut là, chez quelques-uns, très-bien conservé, avec cet œil pénétrant, cette fierté, ce maintien, cette allure qui le caractérisent. Avant l'insurrection, les musulmans disséminés dans la masse de la population passaient inaperçus pour la plupart, mais lorsqu'ils se groupèrent afin de pouvoir mieux résister aux Chinois, ils prirent un cachet tout particulier. Tous portaient des turbans blancs, sauf les marabouts (hà-hong), qui avaient des turbans verts. Une fois maîtres de la situation, ils traitèrent les Chinois, qu'ils considéraient comme une race bien inférieure à la leur, comme des coolies; mais depuis, ils ont été forcés de rabattre beaucoup de leurs prétentions. La rivière, au sortir de la plaine de Sin-shin, entre dans une coupée étroite et vient déboucher dans une vallée resserrée au milieu de laquelle se trouve la petite ville de Shi-ngô-hien.

De Sin-shin deux routes se présentent pour se rendre à Tong-haï, d'un côté par la vallée de Tong-chàn, de l'autre par celle de Tong-Keou. Il y a encore une route plus directe qui part de Ta-in-tô, dont nous parlerons dans quelques instants.

La route par la vallée de Tong-chàn suit, au sortir de Sin-shin, la plaine dans la direction du sud, pendant environ 15 lis, puis tournant à l'est franchit la chaîne par un col élevé de 200 mètres environ. Au point de la séparation des eaux, on jouit d'une vue splendide sur la plaine de Sin-shin et la vallée de Tong-chàn dans laquelle on parvient facilement par une pente très-douce; deux chaînes de montagnes dont les plus hauts sommets peuvent atteindre 5 à 600 mètres encaissent cette vallée en courant du nord-ouest au sud-est.

La vallée renferme 52 bourgs ou villages grands et petits, dont les plus modestes possèdent plusieurs pagodes. Dans le nombre on en remarque quelques-unes de très-belles et surtout de très-anciennes. Je ne connais pas en Chine de province où il y ait autant de pagodes que dans le Yûn-nân, mais à la vérité bien peu ont des bonzes pour les entretenir. Au-dessous de Tong-chân, la vallée se resserre en une gorge étroite au fond de laquelle coule la rivière qui va se jeter, 30 lis au-dessous de ce village, dans la rivière de Shi-ngo, continuation de la rivière de Sin-shin.

La vallée de Tong-chân, habitée presque exclusivement par des Chinois, n'a pas comme la plaine de Sin-shin été prise par les musulmans; les habitants ont fait bonne garde autour de leurs montagnes. La vallée de Shi-ngo, située plus à l'ouest, n'a pas été prise non plus. Entourée de montagnes boisées très-roides, cette vallée est d'un pittoresque grandiose et de toute richesse. Elle est habitée presque exclusivement, ainsi que la ville, par des sauvages qui ont conservé une très-grande autonomie. Quelques Chinois vont commercer à Shi-ngo-hien, mais les terres ne leur appartiennent pas, et ils n'aiment guère aller de ce côté où les indigènes savent leur donner à comprendre qu'ils sont les maîtres. Ces derniers, magnifiquement défendus dans la vallée de Shi-ngo par les montagnes abruptes qui l'environnent, n'ont pas été conquis; peu à peu, ils sont parvenus à reconnaître l'autorité de la Chine, mais ils ont conservé leurs terres et le droit de s'administrer eux-mêmes, bien qu'ils aient un sous-préfet.

Il y a dans ces montagnes, au sud-ouest de la ville, beaucoup de mines de fer et des fonderies pour toutes sortes d'objets moulés, tels que bassines, marmites, socs de charrue, etc.; le fer en barre s'y vend 5 centimes la livre chinoise de 600 grammes, et l'acier de très-bonne qualité 10 centimes. Le produit de ces fonderies s'exporte dans le Kouang-si par Mont-ze et dans toute la partie sud-est du Yûn-nân par Yuen-Kiang et Pou-eul. On se sert beaucoup, pour le transport de ces produits, d'une race de bœufs très-durs à la fatigue et très-rustiques; ce sont des animaux à grande et forte charpente, auxquels on fait porter la charge.

Rien de plus curieux qu'une caravane ainsi composée. J'en ai rencontré près de Montze qui étaient fortes de plus de 300 bœufs.

La ville de Shi-ngo-hien renferme près de 5000 habitants appartenant aux tribus des Hô-my et des Lo-los noirs. On rencontre aussi à ce marché des Paï̈-y qui viennent du sud. Toute cette population est bonne et hospitalière, quoique très-rustique.

Le mariage de ces sauvages présente des particularités fort curieuses et peut donner une idée de leurs mœurs. On le contracte, dans cette partie de la province, de la façon suivante. Le jour de la cérémonie, le futur époux invite ses parents et ses amis pour assister à sa noce, son frère aîné ou un ami fait l'office de garçon d'honneur. De son côté, la fiancée fait de même, puis on se rend chez elle pour l'emmener. Les femmes forment un groupe à part pendant la route qui se fait à cheval pour les gens aisés. La cérémonie dure trois jours sans interruption que quelques heures de repos la nuit, pendant lesquelles les groupes restent toujours séparés. Le reste du temps on se livre à des danses et à des libations abondantes au son du tambourin, de la guitare, des fifres et de la musette; à part les rondes on danse sans se toucher. A l'expiration des trois jours de noce, la jeune mariée retourne chez ses parents en compagnie de ses amies. Elle ne doit aller habiter avec son mari, si elle est d'une famille aisée, qu'à l'âge de vingt-cinq ou vingt-six ans, et à l'âge de vingt-huit à trente seulement si elle est d'une famille pauvre; une fois mariée, elle demeure très-libre au sein de sa famille qui lui procure la nourriture et tout ce qui est nécessaire à son entretien. Ce qu'elle peut gagner par son travail lui appartient et forme ses économies pour entrer en ménage. Malgré cette liberté, elle reste fidèle à l'alliance qu'elle a contractée.

Cet usage est établi dans le but d'éviter les trop nombreuses familles et pour faciliter à chacun l'acquisition d'un petit pécule. Ces montagnardes sont fortes et robustes, d'une taille peu élevée et trapue, aussi peuvent-elles se livrer aux travaux les plus pénibles. Une figure ronde, de fortes joues, un nez court, épais et retroussé, donnent à leur physionomie une expression un peu rude. Elles ont la supériorité sur les hommes, les commandent et se font craindre d'eux.

Les jeunes filles se distinguent des femmes mariées par la coiffure ; elles ont un genre de petit bonnet fait de différentes étoffes très-voyantes ; une fois mariées, elles portent une coiffe haute et carrée, d'une seule étoffe de couleur sombre ; l'habillement des femmes se compose d'un pantalon descendant un peu au-dessous du genou, et de une ou plusieurs tuniques suivant la température. Les tuniques descendent à mi-jambe et se boutonnent sur le côté comme la tunique chinoise.

La tunique de dessus surtout est bariolée de couleurs très-vives, recouverte de liserés de toutes couleurs assemblés en guise de passementerie, autour du cou, de la taille, des manches, etc.

Elles ont la poitrine chamarrée de plaques d'argent repoussées, représentant des figures d'animaux ou des caractères dont beaucoup sont anciens. Leurs cheveux sont garnis d'épingles, de médaillons, de breloques de même métal.

Les femmes ho-my portent peu de parures d'argent, tous leurs bijoux consistent en petits objets d'os sculptés dont leur coiffe se trouve également surchargée. Elles ont l'usage de se percer le nez pour y faire passer des anneaux ou des pendeloques.

Le costume des hommes n'a rien de particulier, leur tunique est un peu plus courte, et ils portent les jours de fête des vestes brodées de fil d'argent ou de soie de toute couleur.

Les femmes comme les hommes ne savent pas ce que c'est que de porter des bas ou des chaussures ; quelque temps qu'il fasse, ils vont toujours nu-pieds.

La ville de Shi-ngo est à 170 lis de Lîn-ngan, 200 de Yuen-Kiang, 140 de Chepin, 125 de Shin-pin, et 40 de Ho-si près du lac de Tong-Haï.

A 15 lis au-dessous de Shin-ngo, la vallée s'ouvre pour donner naissance à la petite plaine de Kin-tèn-Kaï et se resserre ensuite de nouveau. Les sauvages de Kin-tèn-Kaï paraissent jouir d'une certaine aisance. J'ai vu à ce marché des femmes chargées de colliers, de bracelets, de plaques en argent pour une valeur que j'estime à quelques milliers de francs. Deux ou trois lis au-dessous de ce village la rivière de Tong-chân vient rejoindre celle de Shin-ngô.

Mais revenons à Tong-chân et continuons notre route. De là, pour passer dans la vallée de Tong-Kéou, on gravit les montagnes, puis on descend précipitamment dans un ravin au fond duquel coule un petit affluent de la rivière de Tong-chân. Le versant opposé est à pente roide; à mi-côte on fait la rencontre d'un village lo-lo d'où la montée devient plus roide encore. On atteint enfin un plateau de petite étendue, 5 lis environ, et couvert de pins. De ce point, rien de plus magnifique, par un temps clair, qu'une vue à l'horizon, au lever ou au coucher du soleil. Les crêtes des montagnes du sud apparaissent dans le lointain au-dessus de la chaîne de Tong-chân, en une multitude de têtes noires et pointues qui produisent l'effet d'une mer soulevée par la tempête.

Du plateau on descend graduellement les montagnes dans la direction de Tong-Kéou, la vallée se creuse peu à peu et les pentes deviennent plus abruptes. En approchant de Tong-Kéou à 3 ou 4 lis de ce village, on rencontre une montagne à pente escarpée, mais de peu d'élévation, qui s'élève du sein de la vallée et obstrue son cours. La vallée supérieure communique avec la vallée inférieure par deux gorges étroites dont l'une livre passage à la rivière. On peut en venant de Sin-shin atteindre Tong-Kéou sans passer par la vallée de Tong-chân; c'est la route que nous suivions en 1873.

La route quitte Sin-shin pour s'enfoncer à l'est dans les montagnes et suivre un ravin dont les eaux courent se jeter dans la plaine un peu au-dessus de la ville. Nous montons graduellement, puis laissant la rivière qui vient du nord-est, nous parvenons à un plateau situé à hauteur des montagnes environnantes. Au-dessous coule le petit affluent de la rivière de Tong-chân avec lequel nous avons déjà fait connaissance sur la route de Tong-chân à Tong-Kéou. Le chemin descend dans la vallée par une pente assez roide, pour remonter de l'autre côté presque à pic. Nous retrouvons là un autre plateau d'une lieue à peine d'étendue, et au bout s'ouvre la vallée de Tong-Kéou.

Avant d'atteindre le lac de Tong-Haï, nous nous arrêtons quelque temps au camp du maréchal Mâ, qui est venu mettre le siége devant Tong-Kéou, soutenu dans la résistance par deux autres villages également fortifiés et distants l'un de l'autre d'environ 200 mètres seulement; ce sont Siao-Tong-Kéou et Hèn-yu-tsèn, situés tous trois sur un même plan au pied des montagnes du versant de l'ouest. Comme à Sin-shin, les mahométans s'étaient groupés dans cette vallée dont ils s'étaient rendus maîtres il y a une quinzaine d'années, et de là ils faisaient des razias dans les environs, ravageant tout, vivant en un mot de brigandage. Ils n'avaient jamais voulu faire leur soumission; maintes fois les autorités de la capitale ainsi que le gouverneur de Lîn-ngan avaient envoyé des troupes contre eux, mais on n'avait pu les chasser de leur position. Entourés de montagnes très-roides, dans une vallée très-resserrée dont ils avaient fortifié l'entrée, ils se croyaient inattaquables. Le maréchal Mâ escalada un jour leurs montagnes et refoula les musulmans dans les villages; il allait s'emparer de Tong-Kéou quand les assiégés demandèrent à traiter. Le temps des négociations fut employé par ces derniers à terminer les derniers travaux de défense, et quand ils eurent achevé de creuser des galeries dans les montagnes au pied desquelles les villages sont bâtis, qu'ils eurent ménagé des ouvertures par où ils pouvaient faire feu en toute sécurité, et des souterrains sous leurs maisons pour mieux résister au bombardement des canons français que j'avais fait pénétrer jusqu'au fond de cette province reculée de l'empire, ils rompirent les pourparlers.

Le siége dura plus d'un an. Quand les assiégés se virent cernés et dans l'impossibilité de se procurer des vivres, alors de crainte que leurs femmes ne vinssent à tomber dans les mains des vainqueurs, ils les empoisonnèrent ainsi que leurs enfants avec de l'opium. Il ne resta bientôt plus que des combattants, et les survivants ne se rendirent qu'à bout de vivres et de munitions. On tint compte de leur résistance, ils eurent la vie sauve, à part les chefs.

Ce siége donne une idée de l'acharnement de cette terrible rébellion; à un certain point de vue, on pourrait la comparer à nos guerres de religion.

La querelle naquit un jour de l'exploitation des mines d'or, elle s'envenima bientôt et on en vint aux mains. Ceci se passait vers 1855. Vers la fin de la deuxième lune, de la sixième année du règne de Hien-fong, le *fou-taï* du Yûn-nân, Tchoû, fit une proclamation engageant le peuple à exterminer les mahométans dans toute la province. Il envoya en même temps des dépêches à tous les fonctionnaires, leur ordonnant le massacre de tous ceux placés sous leur juridiction, sans égard pour les personnes ni pour les sexes.

C'est à l'instigation du *fan-taï* (trésorier-général) que le fou-taï (gouverneur) fit cette proclamation et envoya les dépêches en question. Ce fan-taï, du nom de Tsin-chèn, était un jeune Tartare de 30 ans, d'une grande exaltation. Le fou-taï Tchoû-sin-go, également Tartare, était né dans le Chen-si. Tous deux étaient hân-lîn (docteurs en droit).

Aussitôt après cette proclamation, le 3 de la 3e lune, le massacre commença par Po-si; le lendemain 4, il continua à Hoâ-si et les environs. A la capitale il eut lieu les 16, 17,

18 et 19 de la 4e lune. Il y eut dans la ville, les faubourgs et les villages environnants plus de 20000 mahométans de massacrés. On donna partout le mot d'ordre pour un massacre général de cette même lune.

Le 30 de la 4e lune et le 1er de la 5e, ce fut une véritable Saint-Barthélemy, au sud, à l'est, au centre et à l'ouest jusqu'au-dessus de Tchoû-Shiong-fou et King-tong. Le carnage fut terrible, mais les mahométans eurent le dessus. Depuis le massacre de la capitale, ils s'étaient préparés et attendaient de pied ferme qu'on les attaquât. A partir de ce moment, ce fut une guerre à outrance entre les mahométans et les Chinois du Yûn-nân.

Mâ-hien, qui se mit à la tête de ses coreligionnaires du sud et du centre, fut le plus terrible; il allait de ville en ville, de village en village, pénétrant partout où les Chinois avaient participé aux massacres des siens, et détruisant tout ce qu'il pouvait atteindre. Il m'a dit avoir ainsi fait périr plus d'un million de personnes! Les Chinois étaient tellement épouvantés qu'ils ne cherchaient même pas à se défendre.

Mâ-hien, maître d'une partie de la province, allait s'emparer de la capitale quand les Chinois consentirent à traiter et à accorder satisfaction aux musulmans. Mâ-hien accéda aux propositions, mais à la condition qu'il disposerait des forces de la province comme garantie de l'exécution des promesses faites, et il se chargea d'apaiser la rébellion, car les musulmans de l'ouest voulaient continuer la lutte. Il fut plus tard nommé titaï (maréchal) et prit alors le nom officiel de Mâ-yû-long.

C'est le même qui assiégeait Tong-Kéou dont il vient d'être parlé.

De grandes difficultés se présentèrent quand il me fallut quitter le camp du maréchal Mâ. J'avais envoyé mon secrétaire Ouang à Yûn-nân-sèn, auprès du vice-roi, pour obtenir des lettres de recommandation; mais il lui fut répondu par celui-ci que dans tout le parcours du voyage que j'avais à faire, je ne traversais nulle part un pays reconnaissant l'autorité de la capitale; que dans ces conditions il ne pouvait me recommander à des chefs insurgés contre son pouvoir; que ses recommandations d'ailleurs me seraient plutôt nuisibles. Le vice-roi écrivit en outre au *titaï*, le suppliant de me retenir auprès de lui et de m'engager à attendre que le pays fût pacifié; qu'il m'arriverait certainement malheur, et que les étrangers ne manqueraient pas de le rendre responsable pour m'avoir laissé m'engager imprudemment dans cette voie. Il finissait en disant au *titaï* que s'il ne parvenait pas à me détourner de ce voyage, puisque j'étais auprès de lui il lui laissait toute la responsabilité dans cette affaire. Et afin de donner plus d'importance à sa lettre, il dépêcha vers lui un mandarin particulier, chargé de la commenter de vive voix et d'insister de nouveau.

Le maréchal Mâ fit en effet tout ce qu'il put pour m'engager à remettre mes projets à une époque plus propice. Il usa de tous les moyens pour entrer dans les vues du vice-roi, et me témoigna en cette circonstance un intérêt qui me toucha profondément. Mais ses raisons ne purent me persuader; je trouvais au contraire le moment plus favorable que jamais, j'étais décidé à partir et à juger par moi-même des difficultés. On me refusait des lettres de recommandation, je me passerais de lettres de recommandation. Mon secrétaire Ouâng partageait grandement l'avis du maréchal et du vice-roi et refusait de me suivre.

Alors je fis seller mes chevaux, et suivi de mon fidèle domestique Yu, j'allais partir quand le maréchal, revenant enfin sur sa détermination, fit retarder mon départ pour me donner une escorte et quelques lettres pour d'anciens amis, alors ses adversaires, auprès desquels il me recommandait en souvenir de l'ancienne amitié qui les avait liés autrefois. Mon secrétaire Ouang consentit à venir avec moi, persuadé qu'une fois à Tong-haï, je rencontrerais là des difficultés insurmontables et que je me déciderais à revenir sur mes pas. Le maréchal Mâ nous donna une escorte de 30 hommes, nous adjoignit un mandarin civil chargé de le représenter et qui avait visité Sin-Kaï, puis munis de différentes lettres pour les chefs de Tong-haï, Hâ-my-tcheou, Ta-tchouang, Mon-tze et pour Yang-min, chef paï-y de Sin-Kaï, nous nous mîmes en route.

Le 13 avril, nous quittons le camp du maréchal Mâ pour nous rendre à Ho-si, à 12 lis de Tong-Kéou; nous descendons la vallée qui s'ouvre de plus en plus, et longeant les montagnes dont les sommets peuvent atteindre jusqu'à 700 et 800 mètres, nous venons nous embarquer sur le lac de Tong-haï, à 3 ou 4 lis de la ville de Hô-si.

On peut atteindre le lac de Tong-haï plus directement, en partant en ligne droite de Ta-in-tô sur La-kia-in. La route est meilleure et elle présente moins de dépression de terrain. Nous suivîmes cette route en 1873. Voici en quelle circonstance.

Nous étions partis de Ta-in-tô le matin vers dix heures, un peu en retard à cause des chevaux qu'on ne put nous procurer qu'assez difficilement, et on nous engagea à prendre la route de La-kia-in, dont la distance, 100 lis, pouvait être aisément franchie dans la journée. La route, après avoir rejoint les montagnes au sud-est, à 8 ou 10 lis de Sin-shin, entre dans un vallon étroit dont les eaux vont se jeter dans la plaine, puis laissant, au bout de 12 à 15 lis, le petit ruisseau qui vient du nord, elle passe successivement deux collines séparées par un ravin pour atteindre le petit affluent de la rivière de Sin-shin, que nous avons déjà rencontré sur la route de Tong-Kéou et qu'elle franchit deux fois.

Nous cheminons jusqu'à sept heures et demie du soir sur un plateau coupé par le petit cours d'eau dont nous avons déjà parlé, tributaire de la rivière de Tong-chân, et nous arrivons à une grande pagode. La nuit est venue, nous renonçons à aller plus loin, les chevaux et les hommes tombent à chaque pas dans des ornières, nous nous décidons à bivouaquer. Il fait froid et nous n'avons rien à nous mettre sous la dent. Nos hommes s'en vont tâtonnant au milieu des broussailles, en quête de combustible; à force d'appeler, les habitants d'un village lo-lo, tout proche, viennent à notre aide.

Mon secrétaire et une partie de l'escorte sont restés en arrière et ne peuvent nous rejoindre, j'envoie quelques hommes avec des lanternes au-devant d'eux et on finit par les trouver installés dans un village lo-lo perdu dans ces montagnes.

A la pagode, nous sommes presque à l'extrémité du plateau; bientôt nous commençons à descendre sur La-kia-in, par une pente très-rapide.

La-kia-in est un gros bourg fortifié situé au pied des montagnes, à 5 ou 6 lis du lac, dont il est séparé par une plaine cultivée, à 25 lis de Tong-Kéou, à 50 lis de Tong-haï, en contournant le lac par la partie septentrionale, et à 20 lis de cette dernière ville, par eau.

. . . .

De Ho-si, nous faisons 25 lis sur le lac pour nous rendre à Tong-haï. Là commande un nommé Hoù, lieutenant de Liang-ce-meï, pour lequel le titaï m'a donné une lettre de recommandation, et j'attends beaucoup de cette entrevue, bien que Ouang n'en augure rien de favorable.

De tous côtés, les montagnes de la vallée de Tong-Kéou enserrent ce grand réservoir qui mesure 5 lieues de long du nord au sud sur 2 dans sa plus grande largeur. A chaque pas, de nombreux torrents se déversent dans le lac par quelque ravin ou quelque gorge étroite. Vers la pointe septentrionale les montagnes se rapprochent du rivage et l'eau vient mouiller leur pied abrupt, la route qui vient de La-kia-in passe dans un col, vient retrouver la route de Yûn-nân-sèn à Tong-haï, puis redescend dans la plaine.

En suivant les rives de l'est on passe une petite rivière bordée de chaque côté de gros arbres, qui sert d'écoulement au lac de Tong-haï, et dont les eaux vont s'engouffrer à peu de distance de la route dans la montagne par un canal souterrain. Une quantité considérable d'arbres fruitiers couvrent la campagne et lui donnent l'aspect d'un vaste verger : on trouve là en abondance, le prunier, l'abricotier, le poirier, le pêcher, etc., qui fournissent à Tong-haï sa principale industrie. Nous arrivons enfin à cette ville : après Yûn-nân-sèn, c'est la localité la plus importante que nous ayons rencontrée jusque-là dans notre itinéraire. Hoù, le commandant, fut très-surpris de notre arrivée et nous reçut très-froidement. Il paraissait inquiet de notre passage et nous posa une foule de questions. La recommandation du titaï lui paraissait être un piége tendu pour capter sa confiance et l'endormir dans une fausse sécurité, et un moyen pour nous emparer des portes et les livrer au maréchal Mâ, dont le camp était à 40 lis de Tong-haï. Malgré le millier de soldats dont il était entouré, il ne paraissait pas rassuré, et le soir nous aperçûmes une foule de ses soldats rôdant autour de notre demeure pour espionner tous nos mouvements. Nous étions dans l'antre du lion, et Ouang ne croyait guère à la possibilité de pouvoir en sortir sain et sauf.

Enfin, à une heure assez avancée de la soirée, nous eûmes une entrevue avec le farouche gouverneur. J'avais devant moi un type achevé de laideur, un sauvage lo-lo converti à la civilisation chinoise, et dont la réputation n'avait rien d'usurpé. Un moment j'eus la crainte de ne pouvoir parvenir à exciter chez cet être le moindre intérêt. Il y avait cependant un homme sous cette rude écorce, et nous finîmes par faire passer en lui une partie de la flamme qui animait Ouang et moi dans cette discussion où chacun prenait tour à tour la parole. A la fin, il parut convaincu de tous les avantages de notre route pour le pays, et se mit à notre disposition pour nous faciliter notre voyage. Il était onze heures du soir.

Dans cette entrevue, Hoù nous engagea à passer par Lin-ngan, où Liang-ce-meï serait heureux de nous voir et de nous faciliter l'exploration du fleuve, s'offrant de nous donner 200 hommes pour nous protéger dans la route jusqu'à destination. Mais je n'eus garde d'accepter, car ma présence à Lin-ngan pouvait exciter la méfiance des autorités de la capitale, à cause des fêtes dont le gouverneur n'eut pas manqué de me régaler, en étant grand amateur lui-même. D'autre part, si Liang-ce-meï, venait à connaître mon alliance avec les autorités de la province, il était à présumer que je courrais grand risque d'être assassiné. En passant à Lin-ngan, je me faisais donc un ennemi dans l'un ou l'autre camp.

Ce Liang-ce-meï (le Leang-ta-jen de la commission du Mékong), qui joua un rôle très-important dans le département de Lin-ngan, fut plus tard assassiné par un de ses lieutenants. Ce dernier entretenant des intelligences avec le fou-taï du Yûn-nân, avait obtenu de lui la promesse qu'il resterait à la tête de Lin-ngan comme tchen-taï (général de division), pourvu qu'il voulût bien reconnaître l'autorité de la capitale. Un jour il pénétra chez le gouverneur, le fit poignarder par ses deux fils qui l'accompagnaient, et s'empara du pouvoir.

Cependant le fou-taï avait été obligé de faire un rapport à Pé-kin. Liang-ce-meï n'avait pas encore été considéré en état de rébellion, bien qu'il ne reconnût plus les autorités de la province; il s'était mis à la direction des affaires dans un moment difficile pour défendre le pays contre les musulmans, et le pays étant loin d'être pacifié quand il avait été assassiné, on le considérait encore comme un auxiliaire précieux pour combattre l'insurrection.

Le fou-taï reçut l'ordre de se saisir de l'assassin. Des troupes furent envoyées contre l'usurpateur, qui, abandonné de la plupart de ses soldats, périt en combattant à la tête de quelques-uns des siens.

Le 14 avril, nous quittons Tong-haï, pour marcher dans la direction du fleuve Rouge. A Tong-haï, nous croisons la route suivie par la commission du Mékong, remontant de Lin-ngan sur la capitale, et nous nous enfonçons de nouveau dans une région peu connue. Nous sommes obligés de prendre la direction de Ning-tcheou, à travers un pays très-accidenté, pour éviter les rebelles de Kouang-y, qu'on nous dit être très-dangereux, et qui probablement nous feraient un mauvait parti. Ils ne se gênent guère, nous dit-on, pour piller tous les environs, détrousser les voyageurs et les rares caravanes qui s'aventurent dans leurs montagnes. Ce village, situé à 60 lis de Tong-haï et à 90 de Lin-ngan, sur la rivière qui vient de Sin-shin, devait devenir fameux par la résistance qu'il fit plus tard aux troupes chinoises. Pendant que le maréchal Mà faisait avec 10 000 hommes le siége de Tong-Kéou, le fou-taï du Yûn-nân vint investir Kouang-y à la tête de 50 000 Chinois. C'était un gros village admirablement fortifié et de tout temps habité par des musulmans. Le maréchal Mà y avait vu le jour. Le siége dura de septembre 1871 à novembre 1872 et quand la place se rendit, de 2 000 combattants il ne restait plus que 700 survivants. La défense fut terrible, acharnée; mines, contre-mines, etc., tous les moyens furent mis en action. Les conditions furent les mêmes que pour Tong-Kéou, mais la ville fut rasée. Les musulmans transportèrent leurs pénates à 2 ou 3 kilom. vers le nord, de l'autre côté d'un torrent qui se déverse dans la rivière de Kouang-y.

De Tong-haï à Ning-tcheou (direction E. 1/4 N.) le pays est à la fois montagneux et sauvage : après avoir parcouru 12 lis en plaine, on parvient à un plateau aride, et sans trace aucune d'habitation, que l'on suit pendant environ 15 lis, puis on descend sur Ning-tcheou, par une pente très-roide. La ville est au pied des montagnes, entourée d'une petite plaine qui forme comme le fond d'un entonnoir. Les montagnes, déjà un peu plus hautes qu'à Tong-haï, 6 à 700 mètres, et de composition calcaire, apparaissent toutes blanchâtres et privées de végétation. Tout le pays du reste est pauvre. La ville renferme 7 à 8 000 habitants.

Il n'y a pas de *tche-tcheou* (sous-préfet) au moment où nous passons à Ning-tcheou; c'est un kiû, espèce de conseil municipal, qui centralise les affaires pour combattre les rebelles de Po-si. Le chef de ce kiû se nommait alors Lieou *kouen-ce*, c'est-à-dire Lieou, *chargé de la direction des affaires*, et était très-estimé du peuple pour sa sage administration.

Les libertés communales existent chez les indigènes, surtout dans la partie du sud, du sud-est et du centre du Yûn-nân, depuis la capitale; c'est là où les kiû ont conservé le plus de force.

Les notables de chaque village nomment un conseil municipal pour gérer les affaires de la commune.

Ce conseil, formé des principaux propriétaires du lieu, fait la répartition de l'impôt et des corvées et est chargé également de faire rentrer ce même impôt pour en opérer le versement au *bureau central* (kong-kiû). Il acquitte également les dépenses faites dans la commune et d'intérêt public.

Le bureau central a sous sa juridiction une circonscription formée de toutes les communes qui peuvent se grouper pour la défense des intérêts communs; toujours cette circonscription embrasse une vallée ou une fraction de vallée.

L'administration du bureau central (kong-kiû) est donnée aux délégués des communes, et chaque commune envoie un membre du conseil à tour de rôle et suivant son importance. Le chef ou président du bureau central (kouen-ce) est nommé pour trois ans, à l'élection, par tous les membres du conseil des communes. Il réside en permanence au bureau central pour présider à toutes les affaires qui peuvent se présenter. Après sa nomination par les communes, il reçoit l'investiture du gouverneur de la province.

Le bureau central rend aussi la justice et remplace toute sorte d'administration dans les cas ordinaires. Pour des faits d'une haute gravité, il renvoie l'affaire au mandarin du district, qui à son tour la soumet à la capitale, si elle lui paraît telle.

Il y a en outre un *bureau général* (tsong-kong-kiû) dans chaque arrondissement pour centraliser les kong-kiû de district, mais dans le but de réunir les impôts et de répartir les corvées d'intérêt général; il ne s'occupe en rien de l'administration locale, et n'a rien à voir dans la justice que rendent les kong-kiû. La direction est entre les mains d'un grand chef ou ta-kouen-ce.

Les impôts sont répartis suivant l'importance des contribuables et d'après une base fixe en temps de paix; mais en temps de guerre il y a des impôts forcés que le fou-taï répartit par tsong-kong-kiû et dont les kong-kiû font la répartition.

Le mandarin chargé de représenter l'autorité impériale n'a presque rien à faire que de servir d'intermédiaire entre le bureau général et l'autorité supérieure. Il reçoit l'impôt des chefs des tsong-kong-kiû pour le faire parvenir à la capitale.

A l'époque où nous traversions la province, les mandarins représentants du pouvoir n'avaient sur les populations ni influence, ni prestige, n'ayant même pas droit à une escorte comme les membres des kong-kiû; mais l'autorité de ces derniers sera amoindrie dans la suite et la direction de l'administration passera entre les mains des mandarins comme dans les autres provinces.

Pendant l'insurrection du Yûn-nân, la moitié des postes de mandarins chargés de représenter le gouvernement auprès des kong-kiû étaient inoccupés, c'étaient les kouen-ce qui remplissaient leurs fonctions.

Les chefs sauvages administrent de la même façon leurs tribus, mais ceux qui sont dans le district des kong-kiû n'ont d'autre rapport avec ces derniers que pour effectuer le versement de l'impôt qu'ils payent au gouvernement et faire les corvées; comme les kong-kiû, ils rendent la justice et en réfèrent au mandarin du district, dans des cas graves.

En temps de guerre, ils servent de coolies, opèrent les transports et travaillent aux ouvrages de défense. Les Chinois ne les croient pas dignes d'être soldats; en revanche, ils les exposent aux postes les plus périlleux, sous le feu de l'ennemi, à la construction d'une barricade ou d'un retranchement.

La ville de Ning-tcheou avait été un moment sous la dépendance de Liang-ce-meï, mais ayant eu à combattre les rebelles de Po-si, les habitants avaient obtenu de ne payer aucune contribution et de s'administrer eux-mêmes. C'était la seule ville du département de Lin-ngan qui eût alors autant d'autonomie. La population de Ning-tcheou était composée de Chinois et surtout de Lo-los.

Nous trouvâmes à Ning-tchéou, Tchang-lao-pan (le vieux chef Tchang), chef principal de Mon-tze qui, à la tête, de 6 000 hommes, était venu apporter son concours aux chefs de Ning-tcheou pour combattre les Po-si. Ceux-ci n'attendirent pas l'attaque, ils firent leur soumission et rendirent aux Chinois les biens dont ils les avaient dépossédés.

Je profitai de la présence de Tchang-lao-pan pour me faire donner une escorte, et nous quittâmes Ning-tcheou dans la direction de Hâ-mi-tcheou.

La rivière passe par une coupée à travers les montagnes et va dans la direction du sud, par un cours très-torrentueux, se jeter dans la rivière de Kouang-y, à 15 lis audessus de cette ville, à Nien-kin-pou.

Laissant la rivière de Ning-tcheou se perdre dans la gorge, nous franchissons les montagnes pour venir la rejoindre plus-bas. Sachant que nous devions passer à Hoâ-si, petit village distant de Ning-tcheou de 60 lis, une caravane d'environ 150 personnes, nous précédant d'une heure, était partie le matin, portant principalement du riz qu'elle devait échanger contre du sucre dont Hoâ-si est un marché.

Nous étions depuis quelque temps engagés dans la montagne, montant un petit sentier dans une gorge étroite, quand tout à coup nous entendîmes des cris partant du haut de la montagne et nous vîmes aussitôt descendre au grand galop des chevaux qui avaient perdu leur charge et traînaient leur bât, puis des hommes, des femmes tout effarés, quelques-uns la figure ensanglantée.

La caravane avait été surprise par une centaine de brigands de Po-si.

Je fis arrêter notre convoi, et prenant une cinquantaine de soldats de mon escorte, nous nous lançâmes au pas de course à la rencontre des bandits. Quand nous arrivâmes au haut de la montagne, il était trop tard, les fuyards disparaissaient déjà derrière le versant opposé. Quelques coups de fusil firent lâcher deux ou trois malheureux et quelques chevaux.

Après cette escarmouche, nous suivons un instant la crête des montagnes, pour redescendre dans des gorges profondes et étroites, où on ne voit trace de maisons ni de terres cultivables. Au fond de la gorge coule la rivière de Ning-tcheou, que nous venons passer à 20 lis de la ville, sur un pont en pierre, près d'une pagode renommée par ses sources d'eaux thermales. Nous grimpons l'autre versant, une montagne aussi élevée que les plus hautes crêtes de Ning-tcheou, 6 à 700 mètres, pour venir tomber dans une autre gorge profonde où se trouve Hoâ-si; mais là il y a une petite vallée et on trouve à chaque pas quelque village. Toute cette traversée de Ning-tcheou à Hoâ-si, est pénible, les montagnes sont très-ravinées.

La rivière qui passe ici, venant de Kouang-y, est assez

forte pour porter bateau ; mais on ne peut encore l'utiliser, en amont et en aval elle est obstruée de roches et de bancs de sable. L'été, son lit atteint en cet endroit plus de 80 mètres de large, et pendant la saison sèche de l'hiver, on a de l'eau à peine jusqu'aux genoux. Cette rivière sert de limite aux districts de Ning-tcheou et de Tien-chouie-hien, dans le département de Lin-ngan.

Hoâ-si est situé à 70 lis de Kouang-y et à 60 de Po-si ; sa population, forte d'environ 3 000 âmes, est composée principalement de Chinois, tandis que les autres villages de la vallée sont habités presque exclusivement par des montagnards lo-los.

La vallée est très-fertile ; là où on ne peut établir des rizières on cultive la canne à sucre ; celle-ci atteint de grandes proportions et donne un très-bon rendement ; en descendant la vallée, au-dessous de Po-si, la canne à sucre est l'objet d'une exploitation plus considérable encore.

Pour nous rendre à Laly-kaï, nous sommes obligés, afin d'éviter les rebelles de Po-si, de quitter la vallée et de passer dans les montagnes à travers les forêts. Le passage est dangereux. C'est le deuxième détour que ces bandits nous forcent à faire ; en partant de Ning-tcheou, nous aurions pu descendre sur Po-si, qui n'est situé qu'à 40 lis, au lieu de nous diriger sur Hoâ-si, si nous n'avions craint d'avoir maille à partir avec eux.

Les chefs de Hoâ-si, auxquels j'ai été recommandé par ceux de Ning-tcheou, nous fournissent 150 hommes parmi les miliciens de la vallée, ce qui porte notre escorte, y compris les soldats du maréchal MA, à plus de 200 hommes armés. Nous partons en toute confiance. Après avoir gravi dans la direction du sud une montagne très-roide, nous parvenons à un petit plateau que nous suivons à l'est pendant 8 lis environ, au milieu des forêts de pins et de sapins.

C'est là que passent les rebelles de Kouang-y pour communiquer avec ceux de Po-si, nous rencontrons de ces brigands qui prennent la fuite. La veille, un convoi avait été enlevé par une cinquantaine d'entre eux à 15 lis de Hoâ-si. L'escorte nous accompagne jusqu'à l'extrémité du plateau, puis elle nous quitte précipitamment dans la crainte que les Po-si n'aient connaissance de leur départ et viennent leur couper la retraite. Un petit village lo-lo nous fournit une escorte, sur la recommandation des notables de Hoâ-si, pour nous conduire à destination. Nous descendons le plateau par une pente très-roide, et après 40 lis dans la direction sud-est nous atteignons Laly-kai. Là coule la rivière de Canton, grossie en cet endroit du principal bras venant de Kiu-tsin-fou, qui la rend trois fois plus forte qu'à Hoâ-si.

La carte des jésuites indique une rivière venant de Mileï-tcheou et se jetant au-dessus de Laly-kaï; je questionnais à ce sujet les notables de l'endroit, qui m'affirmèrent qu'aucune rivière ne venait de Mileï.

Au moment où nous passons, le choléra sévit dans toute sa force à Laly-Kaï. Les habitants ont fui, il ne reste que quelques notables à leur poste pour administrer. On me dit que les trois quarts de la population sont morts du fléau, ce qui ferait plus de 1 500 victimes.

La peste fit son apparition dans le Yûn-nân à la suite de l'insurrection; elle allait d'un lieu à un autre, dépeuplant des villages entiers. On l'attribue d'un côté aux privations, de l'autre aux émanations putrides dégagées de monceaux de cadavres sans sépulture.

Nous sommes ici à 80 lis de Po-si et 110 de Kouang-y. Nous suivons la vallée sur la rive gauche, et après deux heures de marche dans la direction sud, nous arrivons à Shin-tien-ce, distant de 20 lis de Laly-kaï. Dans ce parcours, les montagnes de la rive gauche sont moins abruptes et vont se rapprochant davantage de la rivière; à mesure qu'elles s'éloignent dans la direction du nord, elles s'élèvent de plus en plus.

Cette vallée, ainsi que celle de Hoâ-si, a eu à lutter constamment contre les rebelles de Po-si et de Kouang-y; mais celle de Hoâ-si étant plus étroite et moins riche que celle de Laly-kaï, a été plus facile à défendre et moins en butte aux attaques. Les notables me disaient qu'ils avaient supporté toutes les misères; obligés tous de monter la garde autour de leur vallée et n'ayant pas le temps d'aller aux champs, la plupart des terres restaient en friche faute de bras. Les femmes vendaient leurs bijoux pour acheter des armes et des munitions.

Parmi les produits de la vallée vient en première ligne la canne à sucre, puis ensuite le riz et le pavot.

Nous quittons Shin-tien-ce le 17 avril, pour passer sur la rive droite et entrer dans les montagnes; à cet endroit la rivière de Canton s'enfonce dans une coupure et nous entendons ses eaux bouillonner et sauter de roche en roche. Nous passons successivement plusieurs collines séparées entre elles par de petites vallées peu profondes où nous rencontrons de misérables villages en torchis habités par des Paï-y qui cultivent ce qu'ils peuvent dans ces ravins très-maigres de terre rouge.

A 60 lis de Shin-tien-ce nous trouvons, dans la direction S. 1/4 E., le village de Pou-tza tout nouvellement construit, habité par les Chinois chassés de Hâ-mi-tcheou. La plaine, couverte de petits villages paï-y, lo-los ou teou-laos (vieux de la terre), est d'une grande fertilité. Elle produit de la canne à sucre et un peu de coton; mais quand nous y passâmes, tout avait été détruit par les rebelles. Des montagnes entourent la plaine en forme de fer à cheval; au fond de cette dernière coule la rivière de Canton, qui s'échappe par une coupée pour pénétrer dans la plaine d'Ha-mi-tcheou.

Les femmes paï-y portent des vestons courts et le pantalon comme les hommes, celles des teou-laos ont des tuniques presque aussi longues que les femmes lo-los.

Depuis Shin-tien-ce, un envoyé part devant nous pour

nous annoncer au nom de la capitale et faire préparer les escortes; nous n'avons pu faire de même jusque-là à cause du peu de sécurité des routes. Dès ce moment, nous marchons rapidement, nous ne sommes plus exposés à trouver en arrivant au village, les gens aux champs.

De Shin-tien-ce à Pou-tza, petit village de 2000 âmes, nous avons changé 5 fois notre escorte chez les Paï-y qui nous attendent au-devant de leur village pour nous souhaiter la bienvenue, bannières déployées et musique en tête. Nous trouvons notre escorte sous les armes et nous partons presque aussitôt, le temps d'échanger quelques paroles et de faire quelques cadeaux aux chefs et aux hommes. Nous commençons à respirer à l'aise au milieu de ces bonnes populations, et nous ne sommes pas fâchés d'en avoir fini avec les bandits de Kouang-y et de Po-si.

A l'extrémité de la plaine, nous franchissons une chaîne de montagnes, à pente douce et d'une hauteur moyenne de 400 mètres, pour descendre dans la plaine d'Hâ-mi-tcheou après avoir fait 35 lis dans la direction sud-est.

L'escorte que nous ont donnée les chefs de Pou-tza nous accompagne jusqu'au milieu des montagnes, puis elle rebrousse chemin pour ne pas entrer dans le territoire des gens d'Hâ-mi-tcheou avec lesquels ils sont en lutte.

Le district de Hâ mi-tcheou était alors interdit aux Chinois.

Le titaï étant venu un jour s'emparer de la ville, les habitants qui purent échapper au massacre se sauvèrent; au bout de quelque temps le titaï abandonna la ville aux montagnards pour remonter vers la capitale. Ces derniers profitèrent de la circonstance pour s'emparer du pouvoir et des biens des Chinois.

Quand nous y passâmes, deux chefs se partageaient l'autorité, l'un nommé Lou, Lolo et l'autre Ly, Paï-y, appartenant aux deux races qui sont en majorité dans le pays; après eux viennent les Tcou-laos.

Hâ-mi-tcheou avait été entièrement détruit, mais à notre passage les murailles avaient été mises en état de défense. Quand les *Yjens* (sauvages) se sont emparés sur les Chinois de la direction des affaires de cette ville, ils ont massacré tous ceux qu'ils ont pu atteindre; depuis lors ils ont été obligés de reconnaître l'autorité de la capitale, et les Chinois sont revenus plus maîtres que jamais.

La plaine de Hâ-mi-tcheou est de toute richesse.

La rivière qui sort du lac de Che-pin et qui passe à Lin-ngan, débouche dans cette plaine et vient se jeter dans la rivière de Canton à 20 lis de la ville. On y cultive la canne à sucre l'été, le pavot pendant l'hiver.

C'est une des plus riches plaines du Yûn-nân, elle est également très-grande, près de 30 lis de long, et renferme de nombreux villages.

Nous quittons Hâ-mi-tcheou avec une nouvelle escorte pour nous rendre à Ta-tchouang, à 40 lis dans la direction sud-est; mais, arrivés aux montagnes qui séparent les deux districts, l'escorte nous laisse pour éviter ses terribles voisins. Nous voilà encore seuls, et cette fois au milieu d'une population turbulente, car les musulmans de Ta-tchouang passent pour être aussi pillards que ceux de Po-si et de Kouang-y. Nous avançons cependant résolûment, et après avoir franchi les montagnes dénudées et d'une élévation moyenne de 4 à 500 mètres qui séparent la plaine de Hâ-mi-tcheou de celle de Ta-tchouang, nous arrivons en vue du village.

A notre grande surprise, une splendide réception nous attend. Ces bandits, au nombre de 2000 environ, viennent au-devant de nous, notables et musique en tête. Sur notre passage on tire des boîtes qui font autant de bruit que le canon. Nous pensâmes qu'ils tenaient cette conduite, en pareille circonstance, dans le but de faire oublier aux mandarins les nombreuses peccadilles qu'ils avaient sur la conscience. En possession de la plaine, ils ravageaient toutes les localités voisines où ils pouvaient pénétrer.

Ta-tchouang est un grand village fortifié situé au pied des montagnes à la tête d'une grande et belle plaine. Il renferme environ 800 familles.

La famille du chef habite ce village depuis 300 ans.

A 10 lis au nord il y a des mines d'argent qui n'ont pas encore été exploitées faute de bras et de capitaux suffisants.

En partant de Ta-chouang pour marcher vers Mon-tze, on a devant soi une plaine d'abord d'apparence très-fertile; mais bientôt le terrain devient sablonneux, l'eau manque pour toute espèce de culture, on ne trouve que des pâturages parcourus çà et là par quelques troupeaux de porcs et de moutons. On arrive à Mon-tze après 60 lis de parcours et après avoir franchi quelques petites collines qui coupent la plaine dans la direction de Lin-ngan. Un petit ruisseau qui sort de la plaine de Ta-tchouang, vient se perdre dans les lacs situés au nord de Mon-tze. Ces lacs sont au nombre de deux et, à l'époque des hautes eaux, communiquent entre eux par un canal. Au nord de la plaine, le pays est très-montagneux. Là, la grande chaîne qui descend du Thibet pour venir dans le golfe du Tong-kin, étend ses ramifications. Les plus hauts de ses sommets peuvent avoir de 7 à 800 mètres d'élévation.

De Mon-tze à Lin-ngan, le pays est presque plat, quelques collines font leur apparition en approchant de la plaine qui entoure cette dernière ville. Dans cet espace de 120 lis on trouve en plusieurs endroits du charbon à la surface du sol.

La ville de Mon-tze, située presque à l'extrémité de la plaine de Ta-tchouang, était, en 1871, gouvernée par cinq chefs qui se partageaient les revenus du pays. Le principal d'entre eux, *Tchang-lao-pan*, était aussi puissant à lui seul que les quatre autres et prenait pour sa part la moitié des revenus. De ces questions d'intérêts naissaient souvent entre les chefs des dissensions qui se terminaient parfois les armes à la main. Craignant alors d'être attaqués à l'improviste, ils n'osaient sortir dans les rues de Mon-tze qu'entourés d'une forte escorte armée jusqu'aux dents.

Il n'y a de Chinois que dans la ville, les montagnes sont habitées par les naturels du pays que les Chinois appellent Yjens (sauvages).

Les différentes tribus qui se trouvent dans le district de Mon-tze, dont l'étendue est de 30 lieues de long sur 20 de large, sont les Teou-laos, les Paï-y, les Hô-my, les Poû-la, les Lo-los noirs et blancs, etc. Lors de notre passage à Mon-tze, je vis des femmes d'une tribu des environs, nommée *Long-jên*, dont le costume me fit souvenir de l'Europe. Une jupe plissée avec un corsage descendant à la ceinture et boutonné par devant, forme leur unique habillement.

Mon-tze est le centre d'un grand commerce de transit pour les produits du sud et du centre, qui se dirigent sur le Koueï-tcheou, le Kouang-si, ou qui vont rejoindre le Yuè-hô ou rivière de Canton, à Peï-saï. Les principaux aliments de ce transit, sont les métaux, les thés de Pou-eûl-fou, le coton en bourre qui vient de chez les Laos, du côté du Mé-kong.

Parmi les métaux on remarque surtout l'étain, dont les mines sont exploitées à 60 lis sud-ouest, dans la petite vallée de Koué-kiéou. Ces mines donnent depuis un siècle des produits qui ont été répandus dans toute la Chine. On remarque aussi le fer, la fonte et toutes sortes d'objets fondus qui viennent des environs de Lin-ngan, tels que marmites, bassines, socs de charrue, etc.

Mon-tze est à 18 journées de Peï-saï, à 5 journées de Kaï-hoa, à 2 petites journées de Lin-ngan et à 1 journée et demie de Mang-hao.

En partant de Mon-tze, je laissais là l'escorte du maréchal Mâ ainsi que mon secrétaire Ouang, qui ne voulaient pas aller plus loin. Cette ville étant la dernière importante du Yûn-nân, au delà ce n'était plus pour eux la Chine, c'était l'inconnu. Le séjour de Mang-hao, les rebelles de Lao-kaï, les effrayaient, ils préférèrent attendre mon retour. Bref, je les quittais et me mis en marche dans la direction du fleuve Rouge, suivi du mandarin civil et de 80 hommes ainsi que de deux guides que nous adjoignit Tchang-lao-pan.

A 10 lis de Mon-tze, la route passe par la vieille citadelle de Sin-ngan-seau, située au pied des montagnes. Cette petite citadelle que Mon-tze remplace aujourd'hui a été vers le XVIIe siècle le dernier refuge des princes de la dynastie des Ming. On y voit encore de gros canons de bois cerclés de fer. De là on monte graduellement les montagnes pendant 30 lis dans la direction S. $^1/_4$ E., et l'on parvient à un plateau d'où la vue embrasse toute l'immense plaine de Mon-tze et les montagnes qui l'encadrent du côté du nord. Nous sommes ici à un peu plus de 800 mètres au-dessus de la plaine. Le plateau s'étend près d'une lieue au milieu des fougères et autres plantes parasites; quelques rochers en forme de piton émergent çà et là de la surface.

Ces montagnes sont habitées par des tribus de Poû-là et de Teou-laos, etc., qui vivent de quelques maigres récoltes de maïs, de sarrasin et de pommes de terre.

Comme nous sommes partis tard de Mon-tze, on me propose d'aller passer la nuit dans une tribu qui se trouve à peu de distance de la route au sommet d'un roc escarpé, ne pouvant arriver à Chouie-tien, lieu d'étape habituel, assez à temps pour coucher.

Nous arrivons au village, du nom de Pou-la-shi, habité par des Poû-là, qui vivent retirés dans ces montagnes pour n'avoir point de rapports avec les Chinois ou tout autre peuple étranger à leurs tribus. Ils se sont retirés à la pointe d'un rocher pour se garantir contre les incursions des gens de Sa-tien et de Ta-tchang. Ces montagnards sont très-doux et très-timides. Les hommes comme les femmes sont de haute taille avec de grosses et bonnes figures qui font penser un peu aux Bouddha des pagodes. Leurs mœurs sont celles des diverses races qui habitent ces montagnes. Les chefs ont un secrétaire chinois pour correspondre avec les tribus voisines.

Lorsque je parlais aux chefs Poû-là de mes projets d'ouvrir une voie de communication entre le Yûn-nân et la mer, peu distante de leur contrée, ils me répondirent : « Cela est-il bien vrai? Mais venez donc bien vite chez nous pour tirer parti des richesses métallurgiques que vous dites exister dans nos montagnes, vous nous ferez travailler. Ce que nous désirons, c'est de vendre notre travail pour nourrir nos familles. »

Nous quittons le village de Pou-ta-shi, autour duquel nous remarquons des traces de charbon, et nous venons reprendre notre route. Nous descendons presque aussitôt les montagnes par une pente très-roide jusqu'au fond d'une gorge profonde et étroite; là coule un petit affluent du fleuve Rouge, que nous suivons environ 15 lis, après quoi nous commençons à escalader les montagnes qui nous séparent de Mang-hao. Arrivés sur les hauteurs, l'escorte de Tchan-lao-pan nous quitte, ne voulant pas affronter le séjour de cette localité.

Du haut des derniers contre-forts auxquels nous arrivons le 23 avril, nous apercevons enfin à nos pieds, entre des murailles presque à pic, comme au fond d'un gouffre, le Hong-kiang ou fleuve Rouge, aux eaux bourbeuses et rougeâtres, déroulant son cours sinueux semblable à un long ruban.

La vue dont nous jouissons sur ces montagnes est certainement une des plus belles et des plus grandioses que nous ayons rencontrées depuis notre départ de Yûn-nân-sèn.

A Mang-hao, le fleuve peut avoir une largeur moyenne de 100 mètres.

J'estime que les montagnes qui encaissent en cet endroit le fleuve ont, de leur base à leur sommet, 17 à 1800 mètres, ce qui donnerait pour la plaine de Mon-tze une élévation de 1000 mètres environ au-dessus du fleuve à Mang-hao.

Mang-hao est un grand village sur la rive gauche du fleuve, habité exclusivement par des Chinois de Canton, venus par la voie du Tong-kin, sous la dynastie tonkinoise des Lè, il y a plus d'un siècle, alors que le commerce par le fleuve Rouge était prospère. Aujourd'hui Mang-hao est presque désert, ses grands magasins sont vides. Les Cantonnais, profitant de l'anarchie qui régnait au Yûn-nân, s'étaient affranchis du pouvoir central et s'administraient alors eux-mêmes; mais quand Mon-tze fit plus tard sa soumission après la pacification de la province, Mang-hao fut obligé à son tour de reconnaître l'autorité de la capitale.

Les gens du Yûn-nân ne descendent pas à Mang-hao. Parmi ceux qui ont voulu s'y hasarder, un grand nombre sont morts des maladies qu'ils y ont contractées. Les habitants du plateau attribuent ces effets à la différence de température qui existe avec la vallée du fleuve Rouge, et de fait la température s'élève considérablement à Mang-hao. En 1873, du 18 au 20 avril, j'y constatai, par un temps moitié couvert, de 19 à 26°.

Cependant j'ai toujours pensé que les Cantonnais étant intéressés à rester seuls maîtres de la situation dans ces parages, étaient aussi pour beaucoup dans ces accidents. Chaque fois que je passais à Mang-hao, je fis puiser l'eau nécessaire à notre alimentation loin de la ville, et je n'eus aucun malheur à déplorer.

Des bambous, posés sur des bâtons en fourche, prennent l'eau dans la montagne, l'amènent et la distribuent dans la ville.

Les mines abondent dans les environs. A 100 lis au sud de la ville, on trouve les mines d'argent de Lâo-tong-pin, un peu plus loin, des mines d'or. Il y a aussi des mines de cuivre, d'étain, de plomb argentifère, de zinc, de charbon, etc.

En descendant le fleuve, on trouve sur la rive gauche Sin-kaï, à 55 lis de Mang-hao, et lieu de résidence de Yang-min, chef des Paï-y, riverains du fleuve de Mang-hao à Lào-kaï.

Depuis Yuen-kiang jusqu'à Lào-kaï, les deux rives du fleuve ne sont guère habitées que par des Paï-y, ce qui semble indiquer chez ces derniers une certaine aptitude pour le commerce. Ils sont, en effet, plus traficants que les autres sauvages du plateau, mais ils sont moins grands que les Poù-là et surtout les Teou-laos. Quoique très-doux, ils sont moins timides et sont plus rusés que ces derniers, mais cependant faciles à diriger. Ils ont la figure plus fine, la taille moins épaisse, ce qui les rapproche assez du type annamite.

A Sin-kaï, je reçus la visite de chefs qui venaient des montagnes dans la direction de Kaï-koa-fou, et qui se donnaient le nom de Yeou-jên. Ils étaient de grande taille et se rapprochaient assez du type paï-y.

A partir de Sin-kaï, je descends le fleuve seul avec mon fidèle domestique Yù.

Un peu plus bas, sur la rive droite, à 30 lis de Sin-kaï, nous trouvons Long-pô, autre poste de Yang-min et frontière du Yûn-nân.

De Yuen-kiang jusqu'à Long-pô, le fleuve Rouge est resserré entre deux hautes chaînes de montagnes dont les contre-forts tombent sur ses rives presque à pic. Du fond de la gorge on ne peut apercevoir les sommités des deux chaînes, on ne voit que les crêtes des derniers contre-forts. A chaque pas ce sont de nombreux torrents qui tombent ou bondissent de roche en roche. Jusque-là les sommets des montagnes apparaissent dénudés. A partir de Long-pô, au confluent du Tsin-chouie-hô, petite rivière qui sert de limite au Yûn-nân sur la rive droite, la gorge s'élargit, les deux chaînes s'abaissent, elles sont déjà près d'un tiers moins hautes qu'à Mang-hao; à Laô-kaï, elles n'ont guère plus de 600 mètres d'élévation. Les sommets des deux chaînes vont aussi s'éloignant du fleuve en établissant entre lui et la chaîne, au moyen des ramifications, une pente relativement douce. De petites vallées séparent les uns des autres les contre-forts qui viennent mamelonner les rives.

Avec Lâo-kaï on entre sur le territoire des *peuples indépendants* qui sépare la Chine du Tong-kin.

Le Yûn-nân, que l'on vient de quitter est bien, je n'en doute pas, le pays le plus riche en produits métallurgiques du monde entier. Les mines de toutes sortes abondent dans cette province, mais je ne parlerai ici que de celles qui sont à proximité du fleuve et qui peuvent servir facilement d'aliment au commerce par le fleuve Rouge.

De Mang-hao à Lao-kaï, sur le bord du fleuve, ainsi qu'au-dessus de Mang-hao, on trouve le charbon, le fer, le cuivre en très-grande quantité, puis du minerai d'or en plusieurs endroits entre Long-pô et Mang-hao. Aux environs de Lâo-kaï, il y a également des mines très-riches de cuivre, zinc, fer, plomb, houille et aussi du cristal de roche de toute beauté. Dans la direction de Kaï-hoa, près du Nan-si-ho, on a le zinc, le plomb, le cuivre, l'argent. Du côté de Mon-tze, du cuivre, de l'étain, du plomb, du zinc, de l'argent. Dans beaucoup d'endroits, on trouve du charbon à proximité de ces mines, ce qui rend l'exploitation facile et peu coûteuse. Tous ces minerais se trouvent à la surface du sol même, assez riches pour être exploités, mais jusqu'ici le manque de moyens de communications avantageux a arrêté toute tentative de ce genre.

Les Chinois du sud et sud-est du Yûn-nân forment environ le dixième de la population. Ils habitent les villes, les vallées et les plaines, et possèdent presque toutes les bonnes terres dont ils se sont emparés sur les indigènes. Ces derniers n'ayant pour eux que les terres maigres de quelques ravins ou vallées étroites, ne récoltent pas suffisamment pour vivre et ils sont obligés d'acheter une partie de leurs grains aux Chinois, vis-à-vis desquels ils se libèrent en un certain nombre de journées de travail.

Dans le centre du Yûn-nân, les Lo-los noirs et blancs dominent; dans le sud et le sud-est ce sont les Paï-y et les Teou-laos, mais dans toute cette région il y a une si grande variété de tribus et elles ont toutes un cachet, un type, des mœurs tellement à part, que je ne saurais parler de chacune d'elles en particulier, ayant traversé trop rapidement ces contrées. Ces différentes tribus ne se mélangent guère, quoique vivant l'une à côté de l'autre; sauf de rares exceptions, les alliances se font dans la tribu même.

Ces diverses races groupées sur le plateau du Yûn-nân me paraissent venir des vallées inférieures, dont le nœud est au Thibet et au Yûn-nân. A la suite des guerres, ces peuples ont remonté les vallées pour se réfugier dans les gorges des montagnes où leurs ennemis n'ont pu aller les pourchasser.

On trouve également des colonies chinoises venues de plusieurs provinces de l'empire du Milieu et qui ont formé là des groupes particuliers, vivant dans une communauté d'esprit, de coutumes, de mœurs dont l'origine remonte au delà de plusieurs siècles.

On peut donc dire du plateau du Yûn-nân, d'ailleurs si riche, avec un climat exceptionnel — la température dépasse rarement, au centre de la province, 26° centigrades, et pendant les jours les plus froids ne descend guère, dans les vallées, au-dessous de zéro, — qu'il a été le refuge des populations primitives de l'Asie orientale.

. . . .

Lao-kaï est une petite citadelle qui se trouve sur la rive gauche, à l'angle formé par le confluent du Nan-si-hô avec le fleuve Rouge, à 130 lis de Long-pô. Cette rivière sert de limite à la province du Yûn-nân, et la ville est du côté du Tong-kin, bien située sur un petit monticule pour commander le fleuve.

De Lâo-kaï jusqu'au point où commence le delta, le fleuve a une largeur moyenne de 200 mètres.

Lâo-kaï a été longtemps, comme Mang-hao, entre les

mains des Cantonnais, mais cette ville est aujourd'hui en possession des bandits aux « Pavillons noirs », qui en décembre 1873 ont assassiné Francis Garnier et quatre Français, sous le commandement de Lieou-yuen-fou, nommé, à la suite de ce fait, par les Annamites, général de division.

Vers 1865, les mandarins du Kouang-si, aidés des troupes du Kouang-tong, se rendirent maîtres de l'insurrection qui depuis 1849 désolait leur province. C'était de là qu'étaient sortis les Taï-pin qui allèrent s'établir à Nan-kin en 1851.

Lors de la défaite des rebelles du Kouang-si, un des principaux chefs, nommé Ouà-Tsong, s'échappa de cette province et envahit le Tong-Kin à la tête de sa bande forte de 3 à 4000 hommes. Il parcourut toute la partie nord-est jusqu'au fleuve Rouge, et campa plus d'un an sur la rive gauche du fleuve en face d'Hà-noï. Il mourut en 1866.

Ses deux lieutenants Lieou-yuen-fou et Hoang-tson-in, obligés, après sa mort, de fuir devant les troupes du Kouang-si et du Kouang-tong envoyées à leur poursuite, remontèrent le fleuve jusque chez les sauvages indépendants et s'établirent dans leurs forêts. Bientôt après, les deux chefs allèrent mettre le siége devant Lào-Kaï, alors entre les mains d'un chef cantonnais du nom de Hô-yèn-fan, lequel depuis neuf ans s'était rendu maître de la ville avec le concours des Cantonnais de Mang-hao.

Après la prise de Lào-kaï, vers la fin de l'année 1868, Lieou-yuen-fou, chefs des « Pavillons noirs », resta en possession de la ville et Hoang-tson-in, chef des « Pavillons jaunes », choisit Hô-yang, sur la rivière Claire, pour sa résidence.

Les Pavillons jaunes cherchèrent dans leur pays d'adoption à vivre en bonne intelligence avec les montagnards et établirent des postes chez eux pour les protéger contre les dévastations des bandits. Ils espéraient d'ailleurs obtenir leur grâce dans la suite et rentrer en Chine. Sans les événements survenus au Tong-kin à la suite de l'expédition du gouverneur de la Cochinchine, il est probable que les autorités chinoises leur auraient accordé l'amnistie. Encore aujourd'hui ils sont en instance pour faire leur soumission.

Quant aux Pavillons noirs, ils se faisaient remarquer par leurs exactions, et ils enrôlaient une foule de gens de toute espèce, pirates, bandits, qui en faisaient une bande de vilain renom.

Les Pavillons noirs et les Pavillons jaunes ne vécurent pas longtemps en bonne intelligence. Les revenus des douanes établies sur le fleuve Rouge et la rivière Claire devaient être partagés entre les deux chefs, mais comme les revenus de Lâo-kaï étaient plus considérables que ceux de Hô-yang, Lieou-yuen-fou voulut tout garder pour lui et ne plus rendre de compte. La question s'envenima bientôt entre les deux chefs, et Hoang-tson-in vint attaquer Lâo-kaï; mais ne pouvant s'en emparer d'assaut, il fit établir un camp à Touen-hia, sur le fleuve, pour couper aux Pavillons noirs toute communication avec le Tong-kin et éteindre leurs revenus.

Telle était la situation de la contrée quand je pénétrai pour la première fois à Lâo-kaï.

Sous le chef cantonnais, Hô-yèn-fan, Lâo-kaï était prospère et il se faisait un commerce assez important par le fleuve Rouge, mais lors de la prise de cette ville par Hoang-tson-in et Lieou-yuen-fou, tout fut pillé et incendié, et les riches négociants cantonnais qui y résidaient, massacrés pour la plupart.

C'est dans cet état de ruine que je trouvai Lâo-Kaï et malgré cela il se faisait encore un petit commerce sur le fleuve Rouge, ce fleuve étant la seule voie de communication facile et peu coûteuse du Yûn-nân à la mer.

Au commencement de 1871, la douane de Lâo-kaï, entre les mains des Pavillons noirs, rapportait pour droits sur les marchandises qui montaient ou descendaient le fleuve, la somme de 16 000 taëls par mois (environ 150 000 francs).

Cependant il n'y avait à Lâo-kaï aucun établissement sérieux, car les négociants chinois n'avaient pas assez de confiance dans ces bandits pour y apporter des capitaux ou se hasarder à faire passer là quelques marchandises à destination de Mang-hao.

Sous l'administration du chef cantonnais, les revenus de la douane dépassaient par mois 60 000 taëls, soit un revenu annuel de plus de cinq millions et demi de francs, et cela malgré les entraves que les Annamites apportaient au commerce.

Bien avant, sous la dynastie tongkinoise des Lè, le commerce sur le fleuve Rouge était plus considérable encore, on peut se faire une idée de l'importance qu'il pouvait avoir à la vue des grands bâtiments de commerce d'Hâ-noï actuellement inoccupés.

A Lâo-kaï commence la région des forêts qui s'étendent sur tout le territoire des peuples indépendants jusqu'au-dessous de Kouen-ce.

La végétation y est de toute richesse et couvre jusqu'aux sommets les plus élevés, mais partout ce sont des fourrés impénétrables, au milieu desquels il n'est possible de se frayer un passage que la hache à la main.

Sur les bords du fleuve règne un fouillis inextricable de broussailles et d'arbustes dont les branches multiples plongent dans les eaux et rendent l'accès des berges difficile.

On retrouve là la végétation abondante des pays du tropique. Sous les grands arbres à vent on aperçoit le bananier, le palmier sauvage, qu'enlacent des lianes nombreuses dont les Annamites font des cordages et des cordes de halage. La variété des bois est très-grande, depuis une qualité de bois rougeâtre qui a son emploi dans l'ébénisterie et dont les Tongkinois font leurs ouvrages de tabletterie, jusqu'au bois jaune, ressemblant au buis dont il a la finesse. Il y a surtout des bois durs. Le chêne blanc s'y rencontre aussi en quantité considérable; j'ai vu des bordages de barque faits d'une seule pièce de madrier ayant 20 à 25 mètres de long.

La vue se repose agréablement au loin sur des arbrisseaux couverts de fleurs multicolores parmi lesquelles le rouge domine. De Lâo-kaï à Kouen-ce, ce ne sont que des sites ravissants qui contribuent à faire de cette région, un pays enchanteur et certainement le plus beau de tout l'Extrême-Orient.

De chaque côté du fleuve, les montagnes, tantôt sous la forme de mamelons élancés, de pics ou de pitons, tantôt sous la forme de petits monticules, sont couvertes d'une végétation luxuriante. Toutes les plantes, tous les arbres s'entremêlent là, dans une charmante confusion, se pressent, s'enlacent, s'étouffent, pour se frayer une place au soleil.

A Touên-hia, le pays devient pour un instant plus sauvage, mais c'est un charme de plus dans le paysage, qui gagne en pittoresque. Dix à vingt lis au-dessous de Touên-hia, le fleuve s'est frayé un passage au milieu d'un terrain très-mouvementé, de collines, de pics, qui servent, pour ainsi dire, de traits d'union aux deux chaînes. Il s'engage au milieu de ce labyrinthe, tout en conservant une direction constante, contourne les nombreux pics qui se dressent devant son cours comme pour lui barrer le passage, puis disparaissant aussitôt derrière un autre pic, il continue sa marche, se tordant en mille replis qui à chaque instant le dérobent au regard. Il serpente ainsi sur un fond rocheux, dans un parcours d'environ 100 lis pendant lequel des collines élevées et à pente roide bordent le fleuve sur chacune de ses rives, puis les collines s'abaissent de nouveau près du fleuve et on retrouve bientôt la vallée, comme celle que l'on vient de quitter au-dessus de Touên-hia, avec la série de mamelons courant s'attacher à la chaîne dont les sommets sont toujours invisibles à cause de sa distance et de son peu d'élévation.

Les tribus sauvages ont fait le vide sur les bords du fleuve; elles se sont retirées dans l'intérieur afin de laisser à la nature le soin de les protéger contre les bandits qui circulent sur ce cours d'eau. Pour ne laisser aucune trace de leur passage, les sauvages se servent des ravins pour communiquer avec le fleuve.

Quand parfois, nous apercevions quelque sauvage sur le bord de l'eau, nous nous approchions aussitôt; mais parvenu à l'endroit où nous l'avions vu, l'homme s'était éclipsé comme par enchantement, et nulle part trace de passage. Ce fait ne manquait pas de nous surprendre et nous voulûmes en avoir le cœur net. A force de chercher, nous avisâmes l'entrée d'un ravin masqué par les branches des arbres, et nous courbant en deux, nous entrâmes sous la voûte. Au bout de 2 à 300 mètres, nous aperçûmes un petit sentier taillé dans la forêt et conduisant à des villages.

Jadis, quand ce pays était calme et prospère, avant la conquête du Tong-kin par les Annamites, la vallée au-dessous de Lâo-kaï était cultivée ainsi que le haut delta à partir des avant-postes annamites. Il n'y avait que la partie montagneuse sur les bords du fleuve qui fût en friche.

Aujourd'hui il n'y a de Lâo-kaï à Kouen-ce, sur une étendue de plus de 100 milles, aucune habitation de gens paisibles et producteurs. On ne trouve que quelques postes de bandits aux Pavillons noirs à la solde du gouvernement annamite. Les Pavillons jaunes, qui occupaient le fleuve en 1870-1871, se sont repliés dans l'intérieur. De nombreux singes, occupés à gambader d'une branche à l'autre, sont les seuls êtres qui nous regardent passer.

La faune de cette région est également très-riche. L'éléphant se trouve dans la partie sud-ouest du fleuve et ne passe jamais sur la rive gauche, il marche par bandes nombreuses, ainsi que le buffle, le bœuf sauvage et le rhinocéros.

Je n'ai pu qu'apercevoir un animal de couleur brune, ressemblant à un mulet ordinaire, mais fort d'encolure et ayant la tête du cheval. Les Chinois le nomment mâ-chiong (cheval-ours) et sa chair est très-bonne suivant eux. Les grands carnassiers sont ici très-nombreux. Le tigre royal, d'une grandeur extraordinaire, et d'autres espèces plus petites, abondent. On trouve également la panthère et le léopard, l'ours gris très-grand, l'ours noir plus petit et l'ours à miel. A Touên-hia, les Pavillons jaunes me donnèrent deux petits ours à miel que je destinais au Jardin zoologique de Saïgon, mais ils moururent pendant la traversée.

Il m'est assez difficile de préciser les ravages causés par ces animaux, mon exploration ne s'étendant qu'à une zone limitée dans laquelle leur action destructive est nulle puisqu'elle est inhabitée; mais dans les montagnes du Yùn-nân j'ai pu constater que les dégâts qu'ils opèrent sont considérables.

Comme gibier à poil on a le cerf, le chevreuil, le daim, le sanglier et le chamois. La chevrette musquée et le mouton sauvage se voient dans le haut du fleuve, près du Yûn-nân.

Le gibier à plume est en très-grande abondance et représenté par le paon, différentes espèces de faisans dont quelques-unes sont très-rares, la perdrix, le coq de bruyère, la caille et toutes les variétés d'échassiers de marais; parmi les palmipèdes sauvages, l'oie, le canard, la sarcelle, la macreuse, etc., se rencontrent sur les bords du fleuve ainsi qu'au Yûn-nân.

Le poste de Touên-hia, qu'on trouve à 110 lis au-dessous de Lâo-kaï, était alors, en 1871, le lieu du campement des « Pavillons jaunes ». Ils étaient installés là au milieu des forêts depuis quinze jours seulement. Ils me communiquèrent leur intention de s'emparera de Lâo-kaï et du fleuve, afin d'assurer à cette voie la sécurité pour le commerce qui y régnait du temps du chef cantonnais Hô-yèn-fan.

Dans une attaque du poste de Touên-hia par les Pavillons noirs, 300 de ceux-ci se trouvant enveloppés par les Pavillons jaunes, se laissèrent dériver au courant qui les porta aux avant-postes annamites de Kouen-ce, ne trouvant dans l'intervalle aucun moyen d'existence. Ils offrirent alors aux

Annamites de les aider à combattre les Pavillons jaunes et à les mettre en possession de la ville de Lâo-kaï alors en leur pouvoir. Les Annamites acceptèrent un peu par crainte et aussi pour se servir d'eux contre les montagnards et les alliés des montagnards, les Pavillons jaunes, mais ne voulurent pas les laisser descendre dans le delta craignant qu'ils ne se rendissent les maîtres.

Plus tard, en 1873, les Annamites cherchèrent à soudoyer les Pavillons noirs pour les lancer contre mon expédition; mais ceux-ci n'osèrent alors agir, dans la crainte d'attirer sur leurs familles le courroux des autorités du Yûn-nân qui avaient déjà menacé précédemment de saccager Lâo-kaï. Quand ils se décidèrent à entrer en lutte avec le corps expéditionnaire français, c'est qu'ils crurent leur sécurité compromise. Les Annamites eurent soin de leur faire comprendre que les proclamations de Francis Garnier ne leur laissaient aucune chance de salut. Menacés d'être combattus par les Français, qui avaient promis à la population de débarrasser le pays des pirates et des bandits qui l'infestaient, les Pavillons noirs couraient grand risque d'être acculés aux frontières de Chine, c'est pourquoi ils se jetèrent dans les bras des Annamites. Depuis cette époque, aidés par ces derniers, ils ont refoulé les Pavillons jaunes, sur la rivière Noire, et ils dominent au-dessus d'Hà-noï, sur le fleuve Rouge et la rivière Claire. Leur chef, Licou-yuen-fou, eut l'impudence d'écrire un jour au capitaine d'un de mes navires, quelque temps après avoir assassiné Francis Garnier et un peu avant la signature du traité de Saïgon, « qu'il empêcherait bien les Français de remonter au Yûn-nân. » Depuis cette époque, malgré le traité de Saïgon, la route de la Chine que j'avais ouverte est fermée plus que jamais au commerce. Il n'est pourtant pas besoin de grands efforts pour mettre ces bandits au service de l'Annam à la raison.

A Touûn-hia nous vîmes des mines de cuivre qui s'étendent jusque dans le fleuve même.

On nous dit qu'il existe beaucoup de mines d'or chez les Muong-là-kouê, sur la rivière Noire. On compte 13 mines très-riches, dont six sont exploitées par les Muong. De Touên-hia, il y a 7 journées de marche pour y arriver. On rencontre aussi dans cette direction de nombreux éléphants qui marchent par groupes de 100 et plus, on les trouve à une journée de Touên-hia. Les sables de la rivière Noire contiennent des pépites d'or.

Il paraît que les Muong-là sont des tribus très-riches et assez peuplées. Il y a 13 tribus différentes de Muong qui chacune ont leur chef, mais ces 13 chefs reconnaissent un chef suprême comme suzerain. Le pays des Muong comprend toute la partie située entre le fleuve Rouge et le Mé-kong, des possessions annamites à la province du Yùn-nân; la vallée de la rivière Noire forme à peu près le centre de leur domination.

Il y a sur la rivière Noire un centre de population qui sert de marché à ces différentes tribus; c'est là que se font tous les échanges. Ce peuple vit de ses propres ressources; quelques marchands chinois ont cependant pénétré dans cette contrée et y trafiquent.

Dans les environs de ce centre de population, il y a des mines d'or très-riches qu'on exploite et dont les produits sont échangés contre des étoffes ou toute autre marchandise importée par les Chinois.

Au-dessus des Muong-là habitent les Muong-lô et les Muong-lou; les Muong-taï habitent plus bas, en descendant la rivière Noire.

Ce pays est riche, dans les vallées, pour les produits nécessaires à l'alimentation de l'homme; mais il n'offre cependant pas toutes les ressources nécessaires à son bien-être.

Les Muong ont de l'argent, beaucoup d'argent. On m'a assuré que les femmes, en venant au marché, jouent jusqu'à perdre des milliers de francs, et retournent le soir tranquillement dans leur village, sans plus de soucis que l'espoir de rattraper leur argent à la première occasion.

Les hommes sont, dit-on, grands, forts et assez bien faits. Leur couleur est celle des différents peuples de ces contrées, un peu bronzée.

De Touên-hia pour se rendre à Hô-yang, sur la rivière Claire, on compte huit jours. De Hô-yang à Kaï-hoa-fou, dans le Yûn-nân, quatre jours.

Toute cette région nord-est, entre le fleuve Rouge et le Yûn-nân, est habitée par diverses tribus qui ont chacune leur chef; mais toute cette partie reconnaît comme suzerain un roitelet qui a sa résidence dans les montagnes près de la Chine, dans la direction de Hô-yang. Ce chef prétend descendre des souverains qui gouvernaient jadis le Yûn-nân, avant la conquête du pays par les Chinois. Il prétend même avoir des droits sur toutes les tribus sauvages du Yûn-nân, du Koueï-tcheou et du Kouang-si. Beaucoup de ces chefs ont un grand respect pour lui et lui adressent, quand ils le peuvent, des présents à titre d'hommage. Il a autour de lui une cour au milieu de laquelle il trône en se disant le roi légitime de toutes ces montagnes et du peuple aborigène des tribus. Pour lui, les Chinois lui ont volé son royaume. L'endroit qu'il habite se nomme *Shuien-tien.*

J'avais pris beaucoup de détails sur les tribus de cette région ainsi que sur ce personnage mystérieux dont je ne me rappelle plus le nom et dont les chefs sauvages (teou-ce) du Yûn-nân m'avaient souvent parlé; mais, par suite du séquestre de mon expédition à Haï-phong par le gouverneur de la Cochinchine, ma maison d'Hâ-noï a été livrée au pillage et un grand nombre de mes notes ont disparu.

Près d'atteindre les avant-postes annamites de Kouen-ce, j'arrêtais là mon exploration de 1871. Les Annamites ne m'auraient pas laissé passer, et d'ailleurs j'étais parfaitement fixé sur la navigabilité du fleuve jusqu'à la mer.

Kouen-ce se trouve presque à la limite des forêts, à

230 lis de Touen-hia. Il sert d'avant-garde aux possessions annamites au Tong-kin. Une pagode, quelques huttes composent tout l'aménagement de ce poste avancé chez les montagnards indépendants.

Jadis, quand il y avait quelque commerce sur le fleuve Rouge, on payait à la douane de Kouen-ce les droits à l'entrée comme à la sortie; mais ces droits étaient plus élevés sur les marchandises importées.

Kouen-ce n'a jamais été qu'un poste de douaniers et de soldats. Il n'y avait là, en dehors de ces derniers, que quelques pauvres gens vendant aux barques qui passaient quelques objets sans importance.

. . . .

Jusqu'à ce jour on a commis une grande méprise en fixant pour limites des possessions annamites dans le Tong-kin les frontières de Chine. La partie du territoire compris entre Lao-kaï et Kouen-ce est habitée par des tribus indépendantes qui établissent une barrière entre le Yûn-nân et le Tong-kin; et de fait, les habitants de ces deux derniers pays ne se rencontrent ni chez l'un ni chez l'autre. Du temps de la dynastie tongkinoise, les peuples montagnards se reconnaissaient tributaires du Tong-kin; mais depuis la conquête de ce dernier pays par les Annamites en 1802, les tribus se sont affranchies du joug de l'Annam.

A partir de Kouen-ce, les collines qui, sur chaque rive, bordent le fleuve, vont s'abaissant de plus en plus, pour se terminer à la limite des forêts. De ce point, la vallée s'ouvre en forme d'éventail, et jusqu'à Hung-hoa on ne trouve plus sur les bords du fleuve que quelques petits monticules apparaissant de loin en loin. Au-dessous de Hung-hoa, la plaine, sur l'une et l'autre rive, s'élargit de plus en plus; du côté de la rive droite, les montagnes, jusqu'à Sontay, se tiennent assez rapprochées du fleuve; tandis que du côté de la rive gauche elles s'en éloignent davantage à mesure qu'on descend.

A la limite des forêts, la culture fait son apparition et se propage le long du fleuve ; les villages sont d'abord petits et pauvres d'apparence, mais bientôt ils se multiplient et prennent de l'importance pour devenir très-populeux ; ils semblent aussi jouir d'une certaine aisance. Cela tient à deux causes : d'abord, les terres sont plus fertiles dans le bas, ensuite les rebelles ont fait moins d'incursions dans ces parages que dans le haut du fleuve, plus à portée de leur repaire. Ici, les populations sont groupées et peuvent se prêter un mutuel appui pour défendre plus facilement leurs intérêts contre des bandes isolées.

Le pays produit en première ligne le riz, puis vient le sucre, ensuite le tabac, le coton, le ricin et toutes les espèces de graminées.

Les montagnes sont également riches en cannelle et plantes tinctoriales.

Hung-hoa, à 220 lis de Kouen-ce, est une toute petite citadelle appartenant au système des autres villes du Tong-kin ; système Vauban. Elle est la capitale d'une petite province qui prétend s'étendre un jour sur le territoire des peuples indépendants.

Au-dessous de Hung-hoa, à 2 kilomètres de cette ville, on trouve la branche occidentale du fleuve Rouge, nommée sur les cartes Ly-sien-kiang, et par les Chinois et les tribus indépendantes, Hê-hô ou rivière Noire.

Jusqu'à ce jour on avait donné à cette rivière une direction toute différente de celle qu'elle possède. Les uns l'ont fait jeter à Laô-kaï, les autres un peu au-dessous de cette ville. C'est près d'Hung-hoa même qu'il convient de fixer son embouchure. A cet endroit son volume d'eau est environ le tiers de celui que débite le fleuve Rouge. L'entrée, obstruée par un banc d'une certaine étendue, est assez difficile, mais la rivière devient ensuite facilement navigable pendant deux journées pour de grandes barques ou de petits vapeurs. Sur tout ce parcours, le fleuve est magnifique et le pays de toute beauté. Avec de petites barques on atteint ensuite le grand village Tsong-pô; là il y a un grand rapide et une chute infranchissable. Au-dessus de Tsong-pô, la navigation est très-difficile et ne peut avoir lieu que pour de petits bateaux chargeant à peine un tonneau; le pays est très-montagneux et à chaque pas on rencontre de très-forts rapides. On se sert cependant de cette voie jusqu'à hauteur de Muong-taï. Je n'ai pas recueilli de détails précis au-dessus de ce point, je puis dire seulement que les barques de Tsong-pô ne remontent pas au delà.

Au-dessous de Hung-hoa, à 10 ou 11 kilomètres de l'embouchure de la rivière Noire, on trouve, sur la rive gauche du fleuve Rouge, la rivière Claire (Tsin-hô), dont le volume d'eau est presque égal à celui de la rivière Noire pendant la saison sèche; mais pendant la saison des pluies, le volume d'eau de la rivière Noire est plus considérable.

La rivière Claire prend également sa source dans le Yûn-nân, près de Kaï-hoa-fou. On peut remonter la rivière Claire, avec de grandes jonques ou de petits vapeurs, jusqu'à la bifurcation des deux rivières que l'on trouve au-dessus de Tuyen-kouang; pour atteindre ce point en barque, il faut au moins quatre jours, et ensuite quatorze et quinze jours à de petits bateaux non chargés pour atteindre Hô-yang où se termine la navigation de la rivière. Cette dernière partie du cours de la rivière Claire est très-mauvaise, on compte sur ce parcours plus de cent rapides.

De Hô-yang on met quatre jours par terre pour se rendre à Kaï-hoa-fou dans le Yûn-nân.

La branche orientale de la rivière Claire, qui vient du Kouang-si et se jette dans cette rivière au-dessus de Tuyen-kouang, est navigable de même, à partir du confluent, pendant quatorze ou quinze jours, pour de petites barques, ensuite on atteint en trois jours la ville de Tiaô-shing dans le Kouang-si. La navigation sur cet affluent est aussi très-difficile et les pirogues ne peuvent guère porter plus d'un tonneau comme pour la branche occidentale.

Le pays est très-montagneux et très-boisé, ce n'est qu'en approchant de la Chine que les sommets sont dégarnis.

Au-dessous de Tuyen-Kouang, les montagnes s'abaissent sensiblement, et bientôt, jusqu'au fleuve Rouge, ce ne sont plus que de petites collines de chaque côté de la rivière Claire; çà et là on aperçoit de petites étendues de plaine. De toute cette région, Tuyen-kouang est la seule ville qui ait quelque importance commerciale; il faut ensuite remonter jusqu'aux sources des cours d'eau, aux frontières de Chine, pour retrouver quelque commerce.

On peut affirmer que dans un avenir prochain, lorsque le fleuve Rouge aura ouvert au commerce toute cette immense région et que l'exploitation des mines sur le bord du fleuve aura attiré de Chine de nombreux essaims de travailleurs, les bassins de la rivière Claire et de la rivière Noire verront peu à peu leur sol se peupler d'émigrants chinois. Le pays deviendra alors prospère.

La navigation, de Mang-hao jusqu'au-dessous de Long-pô, présente quelques difficultés par suite des amas de galets, voire même de roches qu'entraînent les ruisseaux ou les torrents à leur embouchure. Là ils s'accumulent dans le fleuve et gênent la navigation. On trouve de grosses roches roulées par la force du courant jusqu'au milieu du passage qui sert de chenal; elles barrent le fleuve et établissent de petites chutes.

Il y a beaucoup d'endroits où des roches naturelles aident à la formation de ces barrages. A l'un d'eux, on est obligé de décharger les barques pour passer.

Pour rendre cette partie du fleuve navigable pour des vapeurs, quelques travaux peu importants sont à faire, les pierres ou les roches qui obstruent le lit du fleuve peuvent être enlevées sans grande difficulté, et il ne restera plus à vaincre que la rapidité du courant. A l'aide d'un système de touage par chaînes de fer, cette rapidité, quelle qu'elle soit, ne sera jamais un obstacle à la navigation.

Dans l'état actuel des choses, le transport peut se faire par cette voie, quelle que soit l'importance du commerce.

De Lao-kaï jusqu'au voisinage de Kouen-ce, à l'ancien camp que j'avais établi sur le fleuve, il y a aussi, dans les basses eaux, quantité de grands barrages qui donnent naissance à des rapides; mais dès que les eaux montent, la plupart de ces rapides disparaissent.

Dans cette partie du fleuve il y a aussi des travaux à faire pour débarrasser le chenal des roches ou des pierres qui s'y trouvent; ces travaux n'exigent pas de grandes dépenses; la roche est presque partout à l'état de schiste calcaire et par conséquent facile à extraire.

La navigation à vapeur est très-facile jusqu'à Lao-kaï pour des bateaux de 2 mètres environ de tirant d'eau, et cela de mai à décembre, époque des hautes eaux; pendant la saison sèche il est nécessaire de n'employer que des vapeurs d'une construction spéciale et d'un faible tirant d'eau, 70 centimètres environ.

Munis de tous les renseignements nécessaires à la navigation du fleuve Rouge, je remontais, le 28 avril, au Yûnnân pour conférer avec les autorités de la province sur l'ouverture de la nouvelle voie commerciale. Le 19 mai, j'arrivai à Tong-Kéou rejoindre le maréchal Mâ.

J'étais de retour à Han-kéou le 16 décembre 1871, pleinement satisfait de mon voyage, après une absence qui avait duré plus de quinze mois pendant lesquels j'avais parcouru plus de 8600 kilomètres.

Quelques jours après, je partais pour la France pour m'entendre avec le gouvernement français sur l'ouverture de la nouvelle route et organiser une expédition.

II

L'OUVERTURE DU FLEUVE ROUGE AU COMMERCE.

. . . .
. . . .

Le 26 octobre 1872, à six heures du matin, nous quittâmes Hong-Kong et fîmes voile vers le Tong-kin dans l'intention d'ouvrir immédiatement les communications avec le Yûn-nân. L'expédition se composait de deux canonnières à vapeur le *Hong-Kiang* et le *Lâo-Kaï*, d'une chaloupe à vapeur le *Son-tay* et d'une grande jonque à la remorque chargée de charbon et de provisions.

Notre voyage était loin de s'accomplir avec une entière sécurité; plusieurs périls nous menaçaient. Nous avions d'abord à craindre une rencontre avec les pirates dans le golfe du Tong-kin, théâtre principal de leurs exploits, et cette éventualité nous obligea à prendre des mesures propres à conjurer le danger en cas d'attaque. D'un autre côté, l'attitude louche et les intentions mal définies des Annamites ne contribuaient que fort peu à nous rassurer.

Jusqu'à l'île d'Haï-nan, nous avançons lentement, tant à cause de la jonque qui est lourdement chargée, que du redoublement d'attention que nous imposait le défaut d'exactitude des cartes hydrographiques publiées alors. Nous stopons la nuit par prudence.

Après avoir jeté l'ancre dans le port d'Haï-Kéou, nous allâmes faire une visite officielle aux autorités de la ville et nous obtînmes d'elles l'autorisation de faire un dépôt de charbon dans l'un des forts qui gardent l'entrée de la rivière. Cette faveur, nous la dûmes exclusivement au caractère spécial dont m'investissait la mission que m'avaient confiée les autorités du Yûn-nân. Nous nous disposions à quitter le port et à poursuivre notre route, quand nous nous y voyons soudainement retenus par un fort coup de vent N.-E., qui dura six jours. Nous filons enfin sur le cap

Dao-Son (1), qui marque l'entrée du Cua-cám et bientôt nous arrivâmes auprès du *Bourayne* qui, par suite du retard que nous avions éprouvé à Haï-nan, nous avait devancés à Haï-phong, au rendez-vous pris avec le gouverneur de la Cochinchine à Saïgon.

Là, j'apprends que le commandant Senez est parti pour Hâ-noï et, personne ne pouvant me renseigner sur la voie qu'il a prise, je forme le projet d'aller à sa rencontre par un des bras du fleuve Rouge. Je rejoins mes navires et nous cinglons au sud pour nous présenter au Balat que le *Livre jaune* signale avec le Lak et le Daï comme les trois seules embouchures du fleuve. Une fois en vue du Balat, nous essayons de réaliser notre projet; mais, de quelque côté que nous tentions l'expérience, impossible d'approcher la côte; les bancs de sable nous tiennent constamment à six milles au large. A cette distance, l'élévation à peine sensible de la côte ne nous permettait pas de distinguer les passages et pour pouvoir trouver le chenal il nous eût fallu d'ailleurs avoir en main une bonne carte hydrographique, ce qui nous manquait, car il n'en existait alors aucune de ces parages. Sans point de repère, on est exposé à s'échouer à chaque pas. Les bouquets d'arbres que l'on aperçoit semblent se noyer dans le lointain.

Des trois bras que j'ai cités, l'un d'eux, le Lak, est tellement obstrué par les bancs de sable, qu'à marée basse, la barre qui ferme l'entrée est presque à découvert. Cette obstruction force les sables charriés par le fleuve à s'écouler par les deux autres bras voisins : le Balat et le Daï. Chaque année, ces bancs gagnent sur la mer où leur accumulation progressive se développe en forme d'éventail. Actuellement ils laissent entre eux une passe suffisamment large pour pénétrer dans une sorte d'anse à l'abri des vents du large,

(1) En chinois : *Tao-chân* ou *Teou-chân* (tête de la montagne); en annamite *Dao-Son* a la même signification; c'est le même *Son* que *Son-tay* (montagne de l'ouest).

pratiquée entre leur entassement et la côte. Mais leur accumulation constante finira, dans un avenir plus ou moins éloigné, par fermer cette passe. Les bancs du Balat et du Daï s'élèveront insensiblement, donnant d'abord naissance à un lac, lequel disparaîtra à son tour pour faire place à une terre habitée. Ainsi s'est formé le delta.

En venant du nord, on parvient dans ce refuge en contournant par la pleine mer les bancs de sable du Balat qui s'étendent à une distance de 10 milles. Quelque temps après avoir passé à hauteur du Lak, on entre dans la passe pour venir mouiller en vue de ce dernier bras en faisant route au N.-E. Le Daï forme ses bancs à 7 ou 8 milles au large.

Nous faillîmes nous perdre au milieu des bancs du Balat, en essayant de reconnaître les embouchures du fleuve Rouge. Le *Lâo-Kaï* trop engagé, soulevé avec effort par la vague, retombait de tout son poids sur le fond sablonneux qu'il talonnait d'une façon fort inquiétante. Nous parvînmes enfin à nous tirer de ce pas dangereux. Quelques instants plus tard, le vent fraîchissait, les barques des pêcheurs regagnaient prestement le mouillage du fleuve Rouge et nous pûmes les rejoindre. Nous restâmes là trois jours par trois brasses d'eau, retenus par un fort coup de vent N.-E.

Les marées qui règnent sur le littoral ont une durée de vingt-quatre heures. Les grandes marées surviennent deux fois par mois et produisent leur effet le plus considérable dès le premier jour; elles vont augmentant deux ou trois jours encore, restent quelque temps stationnaires, puis diminuent graduellement jusqu'à ne plus se faire sentir dans ces trois derniers jours que par un léger gonflement de 25 à 30 centimètres près de la mer. Au bout de ces trois jours arrive une autre grande marée reproduisant les mêmes phénomènes. Elles ont lieu le 1er et le 15 des lunes, mais d'une façon très-irrégulière. On a vu la marée du 1er arriver le 8; elles reviennent forcément à leur point de départ après avoir accompli leur période.

Ne pouvant tenter le passage du fleuve Rouge, nous nous décidâmes à retourner auprès du *Bourayne*.

Nous apprîmes plus tard que le Tra-li (1) qui sort du Balat était le passage que nous cherchions. C'est par là que passent les jonques; mais, privés de toute indication, nous ne basions nos recherches que sur les données des cartes hydrographiques : les trois bras mentionnés plus haut. Un marché important, Tra-li, est situé à l'embouchure de ce dernier bras ; c'est le seul port du Tong-kin où les barques chinoises puissent entrer, débarquer et embarquer. De ce point on peut remonter à Hâ-noï.

Le bras de Tra-li ne compte guère plus de 400 mètres de large, mais sa profondeur est plus grande que celle des autres bras, sa situation lui permettant d'éviter la plus grande partie des sables qui descendent du fleuve Rouge. Le Balat, qui a de 1500 à 2000 mètres de large à son embouchure, peut être considéré comme le bras le plus important du fleuve Rouge. Quant aux autres bras, le Lak compte environ 4 à 500 mètres et le Daï près d'un kilomètre de large.

En revenant à Haï-phong, nous nous proposions de pénétrer dans l'intérieur pour chercher un passage en descendant les cours d'eau.

Le 17 novembre au soir, en mouillant à Dao-Son, nous trouvâmes une missive du commandant Senez, apportée par un chrétien de la mission espagnole de Haï-Dzuong. Le commandant venait d'apprendre notre arrivée et nous prévenait qu'il allait rentrer à bord, où il m'invitait à aller le rejoindre pour m'entendre avec lui. Il ajoutait qu'il pourrait peut-être me donner des indications pour rejoindre le fleuve Rouge par l'intérieur.

Le 18 novembre je mouillais à Haï-Phong près du *Bourayne*, et je passai la journée à conférer avec le commandant.

(1) En chinois : *Ta-li*.

Le 19 au matin, le commissaire royal Ly, que le commandant était allé chercher la veille à Quang-Yen avec ma chaloupe, assista à bord du *Bourayne* à un branle-bas de combat, après quoi on servit un splendide festin. Le reste de la journée se passa à conférer sur l'objet de ma mission. Durant nos entretiens, le commissaire royal parut fort surpris lorsque, à ses objections sur la non-navigabilité du fleuve, je répondis que j'étais, l'année précédente, descendu jusqu'aux avant-postes annamites.

Le commandant Senez s'entremit officieusement en ma faveur par l'organe de Mgr Gauthier, évêque du Tong-kin méridional, qui lui servait d'interprète. Il fit valoir les intérêts qui s'attachaient à cette question pour le peuple et pour le gouvernement annamite, en faisant ressortir les bénéfices considérables que ce dernier retirait des douanes. Le gouvernement français, ajouta-t-il, lui saurait en outre le plus grand gré de ne pas entraver ma mission, qui intéressait aussi la colonie de Saïgon.

Le commissaire royal répondit qu'il était convaincu des avantages que présentait l'ouverture de la nouvelle voie, mais qu'il ne savait pas comment on apprécierait ma mission à la cour. Il demandait en conséquence que j'attendisse la réponse de Hué, à l'arrivée de laquelle il fixait un délai de 15 jours. Le commandant m'engagea à accepter les 15 jours de délai fixés, j'y consentis. En attendant, je pouvais circuler avec ma chaloupe dans l'intérieur. Le délai passé, il était entendu que je remonterais le fleuve.

Avant de partir, le commandant Senez me recommanda chaleureusement au commissaire Ly, le pressant de me seconder dans mes efforts pour nous procurer des vivres et tout ce dont nous aurions besoin ; puis, m'ayant donné un de ses interprètes et fait des vœux pour mon voyage, le commandant quitta Haï-phong.

Je ne puis rappeler ces derniers détails sans sentir se réveiller en moi le sentiment de profonde reconnaissance que m'inspira la conduite de M. le commandant Senez en cette circonstance. Il m'est particulièrement doux, aujourd'hui que l'occasion m'est offerte, de l'exprimer ici. Quoique les sympathies dont ce noble cœur a bien voulu m'honorer n'aient eu, relativement au succès de mon œuvre, les suites favorables qui pouvaient en résulter, je ne lui sais pas moins gré de toutes ses bontés.

Le *Bourayne* parti, tout changea subitement. Dès le lendemain de son départ le vide se fit autour de moi. On leva immédiatement des troupes dans le Tong-kin pour s'opposer par la force à la marche en avant de mon expédition, et l'ordre fut donné de commencer les barrages. Sous les peines les plus sévères on défendit aux populations de communiquer avec nous et de nous fournir, soit des vivres, soit des renseignements. A notre approche, il fallait se sauver ou se cacher, car la vue de nos bateaux portait malheur. Les mandarins craignaient surtout qu'en nous parlant les indigènes ne nous trouvassent pas aussi *diables* qu'ils voulaient bien nous dépeindre.

Comme on ignorait la voie que j'allais prendre, on ne pouvait pratiquer les barrages qu'en suivant mes propres mouvements. Je remontai immédiatement le Cam avec ma chaloupe pour empêcher toute tentative de ce genre et rechercher en même temps le passage qui devait me conduire au fleuve Rouge. Il importait d'opérer très-rapidement, car avec le temps les Annamites pouvaient accumuler les obstacles, mon personnel se démoraliser et ma tentative échouer complétement.

Le commandant Senez m'avait rapporté de son entretien avec Mgr Colomer, évêque des missions espagnoles, qu'en remontant le Thaï-Binh, qui passe auprès des missions, il me serait possible d'atteindre le fleuve Rouge bien au-dessus d'Hâ-noï. De cette façon, ajoutait-il, vous éviterez de passer par Hâ-noï et de vous créer de nouvelles difficultés.

Au matin du jour qui suivit l'expiration du délai, je quittai Haï-phong remontant avec mes navires la rivière Cam. Cette dernière localité ne nous offrait d'ailleurs aucun avantage, à cause de sa situation au milieu des marécages. Là, comme partout ailleurs le long du littoral, les terres toutes de nouvelle formation sont basses, et quelques-unes se couvrent à marée haute. Quand je pénétrai à Haï-phong, il n'y avait que deux forts pour défendre l'entrée du Cam et quelques paillottes pour les soldats (d'où est venu le nom de Cua-cam : porte défendue). Aujourd'hui, les Français qui y sont établis ont fait divers travaux d'installation. Haï-phong n'est appelé à avoir une réelle importance qu'au point de vue militaire. C'est le seul point du Tong-kin, en effet, où les navires de guerre puissent trouver une profondeur suffisante pour pénétrer dans l'intérieur.

A Haî-phong, le Cam a environ 500 mètres de large, il en a à peine 150 au sortir du Thaï-Binh, lequel, en cet endroit, a une largeur de 800 à 1000 mètres. Le Cam est très-tortueux; en ligne droite il n'a guère plus de 25 milles, on compte environ le double par eau. En suivant son cours, il englobe une île d'une grande étendue; les deux bras sont également navigables.

Nous remontons le Cam, sans difficulté jusqu'au Thaï-Binh pour venir mouiller au Lou-to-Kiang (les six bras). Ce ne sont de tout côté que des rizières. La vue n'est limitée que par de nombreux bouquets d'arbres qui entourent les villages et la façon dont ils sont disposés, en échelons, donne à leur masse l'aspect d'une forêt. Les villages disparaissent ainsi au regard. Les villes seules par leur masse troublent la généralité de cette illusion.

Au Lou-to-Kiang, nous pûmes nous procurer des vivres plus facilement. Les villages se pressent là nombreux comme partout ailleurs. On nous apportait ce qui nous était nécessaire. La surveillance des mandarins qui s'exerçait si rigoureusement à Haï-phong sous leurs yeux, était nulle ici, ce qui mettait plus de liberté dans nos rapports avec les indigènes. Nous avons aussi de l'eau douce et le pays est plus sain.

Laissant mes navires au mouillage, je partis le 5 décembre avec ma chaloupe pour explorer le Song-chi (1) canal qui débouche dans le Thaï-Binh, à 2 milles environ au-dessus de la rivière Cam. La largeur du Song-chi, qui, près du Thaï-Binh mesure 100 à 150 mètres, va se rétrécissant jusqu'à n'en plus compter que 50 ou 60. Le pays s'élève insensiblement en approchant du fleuve Rouge : dans certains endroits, les berges du canal atteignent une hauteur de 50 à 60 pieds. A une distance de 5 milles de ce dernier fleuve, le Song-chi présente un rapide, dont le courant pendant les hautes eaux est de 6 à 7 nœuds. Il est nécessaire d'avoir de fortes machines pour en vaincre la résistance. La longueur du Song-chi est d'environ 45 à 50 milles. Parvenus à 7 milles du fleuve Rouge, nous sommes arrêtés par le manque d'eau qui, en cette saison, n'est plus assez abondante pour notre chaloupe dont le tirant d'eau est de $1^{m},50$. La marée ne se fait plus sentir en ce point que par un léger gonflement de 20 à 30 centimètres. C'est là, d'ailleurs, le maximum de hauteur qu'elle atteigne dans le Song-chi.

Nous redescendons au Thaï-Binh, au milieu des populations riveraines qui, sur notre passage manifestent une joie mêlée d'étonnement à l'aspect d'un vapeur européen.

Le 8 décembre, à 6 heures du matin, nous repartîmes du Lou-to-Kiang pour remonter le Thaï-Binh, afin d'essayer d'atteindre par là le fleuve Rouge, ainsi que nous l'avaient assuré les missionnaires.

Aussitôt après avoir dépassé l'île qui se trouve à la sortie du Song-chi, le Thaï-Binh se rétrécit considérablement. Il compte alors à peine 200 à 250 mètres de large.

Nous passons devant une douane située sur la rive droite

(1) Ou Song-ki.

auprès d'un monticule; sur la rive opposée apparaît un autre monticule que les habitants se souviennent avoir vu jadis couronné d'un fort. S'il faut en croire la tradition, là, au dire des notables de Hâ-noï, se trouvait autrefois le siége de la cour d'anciens rois tongkinois. La ville marchande aurait occupé l'emplacement actuel de la douane.

Immédiatement au-dessus de la douane, le Thaï-Binh reçoit du nord un affluent qui vient des montagnes que l'on aperçoit à 10 kilomètres environ. Il vient de ce côté, quantité de radeaux chargés de bois et de bambous. A 8 heures du matin, nous trouvons de chaque côté du fleuve, deux grands villages. Au-dessus du village de la rive droite, surgit un mamelon arrondi, boisé et surmonté d'une pagode. A hauteur de ce mamelon et à une distance d'environ 50 mètres de la rive qu'il domine, affleurent des rochers; il faut avoir soin, pour les éviter, de tenir le milieu du fleuve. Les mêmes précautions sont à prendre environ 200 mètres plus haut; c'est en longeant la rive droite qu'on échappe à d'autres rochers qui se dressent dans le fleuve au milieu de son cours.

Quinze milles environ au-dessus des obstacles dont je viens de parler, nous nous arrêtons quelques instants pour aller visiter un village situé à quelque distance dans les terres et peuplé de 2 à 3 000 habitants, qui s'adonnent exclusivement au travail du fer qu'ils façonnent en objets de première nécessité, tels que ustensiles de ménage, instruments d'agriculture, etc.; c'est aussi la résidence d'un missionnaire espagnol. Ce village est situé à 24 lis de Bac-Ninh (1).

Nous passons plus loin devant le port de Bac-Ninh, petit village distant de cette ville de 7 à 8 kilomètres seulement et qui lui sert de marché.

Aux environs de Bac-Ninh on cultive le ricin pour la production de l'huile à brûler. C'est une plante dont la cul-

(1) Paix du nord.

ture exige peu de soins et tient peu de place. On la sème autour des villages, le long des talus ou des chemins; on la fait croître également dans les terres sablonneuses ou élevées que leur nature ou leur situation rend impropres à toute autre semence.

Jusqu'ici, le fleuve ne traverse que d'immenses plaines qui s'étendent de chaque côté de ses rives; c'est encore le delta avec ses terres d'alluvion. Sur la rive gauche, les montagnes, premiers contre-forts de la grande chaîne qui enferme le delta et qui se sont constamment tenues à une distance de 20 à 30 lis, vont se rapprochant jusqu'à Thaï-nguyen progressivement. Sur la rive droite, au contraire, la vue se perd à l'horizon. On remarque cependant çà et là dans la plaine quelques légères ondulations qui s'accentuent seulement un peu du côté de Bac-Ninh.

Au-dessus du port de Bac-Ninh, à 10 kilom. environ, on trouve le grand village de Tô-hâ, peuplé de 10 à 12 000 habitants. Les notables viennent à bord de notre chaloupe pour nous rendre visite et probablement aussi poussés un peu par la curiosité de voir de près ces bateaux qui « marchent tout seuls ». Ils nous apportent des fruits, des bananes, des oranges, en signe d'amitié, et au bout de quelques instants, nous nous quittons les meilleurs amis du monde. Tous les gens de ce village paraissent vivre dans l'aisance.

On fabrique à Tô-hâ toutes sortes de poteries. On y façonne aussi des coffrets en terre d'argile destinés à contenir les os des morts. On ne brûle pas les morts au Tong-Kin; ils sont déposés dans un cercueil garni de petits sachets de chaux destinés à brûler les chairs; après quoi on recueille les os, qu'on renferme dans ces coffrets dont les dimensions ont de 50 centimètres de long sur 20 de haut et de large. Le couvercle et les côtés sont perforés de petits trous.

Dans toute cette région, on cultive le mûrier et on élève

des vers à soie. Le district de Tô-hâ est le centre principal de cette double industrie, qui s'étend, en s'affaiblissant progressivement, jusqu'à Thaï-nguyen.

Toute cette contrée, baignée par le Thaï-Binh, est à mon avis la plus riche du Tong-kin. Elle doit surtout sa prospérité à l'autonomie relative dont jouissent ses habitants. C'est dans les deux villes les plus importantes de cette région, Bac-Ninh et Thaï-nguyen, que se trouvent en plus grand nombre que partout ailleurs les partisans de l'ancienne dynastie des Lê. Les mandarins annamites sont obligés de compter avec eux. Il y a également, mêlés aux populations, quantité de Chinois dont le nombre appuie la résistance de ces dernières. Pendant longtemps les troupes chinoises du Kouang-si et du Kouang-tong, appelées par les mandarins du Tong-kin contre les rebelles chinois, échappés du Kouang-si où ils avaient été condamnés à mort, occupèrent la contrée (1866-1873) et favorisèrent d'une certaine protection le commerce de leurs nationaux.

Un peu au-dessus de Tô-hâ, à une distance de 4 milles environ, un nouvel obstacle se dresse au milieu du fleuve : c'est une roche plate qui découvre à marée basse. Autour des rochers la sonde accuse 15 à 18 pieds d'eau. Un four à briques, situé sur la rive droite, annonce son approche et sur la rive gauche, un gros arbre non loin d'une colline boisée lui fait face.

A 13 ou 14 milles au-dessus de Tô-hâ apparaît une île qu'environnent des bancs d'argile dure taillés à pic. Nous nous échouâmes contre ces bancs en descendant quand la sonde accusait à côté quatre brasses.

Cinq milles plus haut, nous atteignîmes un petit canal qui communique avec le fleuve Rouge, au-dessous de Son-tay. Son peu de profondeur ne permet à l'eau d'y pénétrer que pendant les inondations. On devait continuer à le creuser; mais depuis plus de quinze ans les travaux sont interrompus. La marée se manifeste ici par un marnage de 40 à 45 centimètres. A l'entrée du canal on trouve un village habité par des chrétiens dont la principale occupation est la pêche.

La largeur du Thaï-Binh en cet endroit est d'environ 100 mètres.

Nous nous nous arrêtons ici; à partir du canal le fleuve prend la direction du nord.

Dès lors je restai parfaitement convaincu que ce cours d'eau n'allait pas au fleuve Rouge. Au-dessus du canal, les montagnes ne sont pas éloignées de la rive gauche; du côté de la rive droite on aperçoit toujours la plaine parsemée de nombreux villages.

Thaï-nguyen (la grande source) est située 20 milles environ au-dessus du canal. Aux environs de cette ville, sur les bords du fleuve, on trouve des mines de charbon qui ont été exploitées jadis pour les besoins de l'industrie locale. Au-dessus de la ville abondent des mines de zinc, de plomb, de cuivre et même d'argent, dont l'exploitation était autrefois pratiquée par les Chinois quand les Annamites les y autorisaient. L'autorité annamite est purement nominale à Thaï-nguyen, d'où les mandarins ont été plusieurs fois expulsés. On nous indique, à six journées de marche de Thaï-nguyen, la ville de Lang-son (montagne silencieuse) capitale de la province du même nom, comme la ville de Cao-bang (plateau élevé) située à la même distance de Lang-son. Ces deux provinces, qui séparent le Tong-kin de la Chine, sont habitées par des tribus indépendantes, parmi lesquelles on nous signale les Thos et les Xas.

Nous revînmes au Lou-to-Kiang le 10 décembre.

La navigation, on le voit, rencontre, en somme, peu d'obstacles, encore deviennent-ils insignifiants dès qu'on les connaît. Elle s'opère avec facilité et en toute saison avec des bateaux de rivière d'un tirant d'eau de 2 mètres à 2m,50. Du Lou-to-Kiang au petit canal, la distance est de 50 à 55 milles.

Le 11 décembre, je repars avec ma chaloupe pour descendre le Thaï-Binh et poursuivre ma recherche d'une communication avec le fleuve Rouge. Les missionnaires m'assurent que je vais être obligé de descendre à la mer pour prendre le Tra-li.

Quinze milles au-dessous du Lou-to-Kiang, on arrive à Haï-Dzuong. C'est après Hâ-noï une des plus importantes citadelles du Tong-kin. La ville marchande compte 25 à 30 000 âmes. Jadis, lorsque le commerce florissait sous la dynastie des Lê, les barques passaient à Haï-phong et par les canaux intérieurs atteignaient Haï-Dzuong, d'où, rejoignant le Cua-loc par un canal de communication, elles remontaient à Hâ-noï, évitant ainsi les courants du Cam et du Thaï-Binh. Depuis leur établissement au Tong-kin, les Annamites ont fermé cette route en construisant deux forts à Haï-phong et un barrage au-dessous de Haï-Dzuong, sur le canal qui mène au Cua-loc.

La navigation est très-facile sur le Thaï-Binh, qui renferme moins de bancs de sable que le fleuve Rouge. Sa largeur moyenne, qui depuis le Cam est de 1000 mètres, dépasse en certains endroits 2000 mètres et, à la mer, mesure plus de 3 kilomètres. Depuis le petit canal jusqu'à la mer, le cours du Thaï-Binh est à peu près parallèle à celui du fleuve Rouge. Ces deux cours d'eau sont complétement distincts l'un de l'autre et ne doivent le hasard de leur jonction aux embouchures qu'aux arroyos facilement créés dans le delta, grâce aux terres d'alluvion.

Environ quinze milles avant d'atteindre l'embouchure du Thaï-Binh, nous trouvons enfin un bras du fleuve Rouge, le Cua-loc, qui nous porte au fleuve à 5 milles de Hong-yen.

Le Cua-loc, que nous remontons, a de 45 à 50 milles de long. Les plaines qu'il parcourt n'offrent à nos yeux que des rizières. Sa largeur, près du Thaï-Binh, est de 250 à 300 mètres, près du fleuve Rouge, de 150 à 200 mètres. Dans les basses eaux, de décembre à mai, il y a à peine 2 mètres d'eau; pendant le reste de l'année, on peut remonter facilement.

Le passage qui me permettait de rejoindre le fleuve Rouge, une fois découvert, je remontai immédiatement au Lou-to-Kiang. Le 14, à six heures du matin, j'étais de retour au milieu de mes navires et bientôt après nous revirions de bord.

Pendant mon absence, les Annamites faisaient courir le bruit que 2 000 Chinois en garnison à Bac-Ninh et à Thaï-nguyen devaient descendre pour nous attaquer le 15 décembre. Les Tongkinois et les missionnaires avaient fait prévenir les membres de l'expédition. La vérité est que les Annamites firent des démarches auprès des troupes chinoises cantonnées dans le Tong-kin, pour les engager en effet à opérer une descente contre nous; mais celles-ci n'eurent garde d'accepter la proposition. Plus tard, quand nous fûmes à Hâ-noï, le général en chef des troupes chinoises, Tchèn, nous envoya son chef d'état-major, accompagné d'autres mandarins, auxquels je fis connaître ma mission et les pouvoirs dont j'étais investi par les autorités chinoises du Yûn-nân et par le vice-roi de Canton. Les envoyés retournèrent au camp du général Tchèn, à qui ils communiquèrent les informations qu'ils tenaient de notre entretien. Le général chinois somma aussitôt officiellement le vice-roi de Hâ-noï, le grand maréchal Nguyen et le vice-roi de Sou-tay, de nous laisser passer et de nous fournir les barques dont nous pourrions avoir besoin, faisant suivre ses instructions de la menace d'envoyer des troupes pour les faire exécuter de force si elles ne l'étaient de bonne grâce.

Cette sommation exaspéra fort les Annamites, qui se plaignirent en Chine des faits et gestes du général chinois.

L'intervention des Français au Tong-kin sembla ratifier les réclamations des Annamites qui me présentaient comme l'avant-garde des « brigands de Saïgon ». Le général Tchèn fut disgracié pour être sorti de son rôle et avoir outre-passé ses pouvoirs.

A cette époque, les Annamites provoquèrent contre moi,

par les fausses accusations dont ils m'accablaient, une enquête du gouvernement chinois, tendant à établir la vérité de leurs allégations. Ils prétendaient, dans le but de me faire enlever mes pouvoirs, que j'avais appelé les troupes françaises au Tong-kin. Le gouvernement chinois fit donc une enquête, mais les résultats furent, malheureusement pour les Annamites, en tout contraires à l'issue qu'ils attendaient.

Nous descendons le Thaï-Binh. Partout on lève la milice. Nous apercevons au loin des hommes qui, sous prétexte d'exercices et d'organisation, s'agitent au milieu de la plus grande confusion, proférant des cris et se livrant à des ébats grotesques. Quelques coups de fusil, tirés de temps à autre, semblent nous avertir qu'ils ont l'œil sur nous; mais leurs mauvaises armes à mèche leur permettent à peine de tirer à une distance de 150 à 200 mètres. Nous répondons à ces manifestations par les vigoureux coups de sifflet de notre machine; riposte bien inoffensive, mais dont l'effet sur eux semble terrifiant. Ce cri aigu prolongeant au loin ses vibrations perçantes ou s'échappant par saccades répétées et stridentes, présentait à ces naïves imaginations un effet d'une nouveauté alarmante. Nous passons. Le 18 décembre, notre petite flottille entra dans le fleuve Rouge et vint mouiller devant Hong-yen, ville de deuxième classe, capitale de la province de même nom. Il n'y a qu'un gouverneur, dépendant de la vice-royauté d'Hâ-noï.

A notre aspect, les mandarins paraissent dans le plus grand embarras. Nous demandons au gouverneur des vivres qu'il n'ose nous refuser. Il autorise un Chinois à nous livrer les fournitures qui nous sont nécessaires et nous en remettons le prix entre les mains du mandarin qui, je l'appris plus tard, n'en opéra jamais la restitution au Chinois. Nous recevons ensuite les mandarins à bord; mais cette démarche, à laquelle ils donnèrent l'apparence d'une sorte de déférence courtoise, m'eut l'air de leur avoir été bien plutôt inspirée par la crainte et le désir secret de nous espionner.

Hong-yen est la première ville du Tong-kin où des Européens se soient établis. Il y a plus de deux siècles, elle avait des factoreries portugaises et hollandaises.

En face de la ville, le fleuve a près de 1 kilomètre de large. Cet élargissement de son lit est dû à la présence d'un large banc de sable situé au milieu de son cours et qui découvre à marée basse.

Du Lou-to-Kiang à Hong-yen, par le Cua-loc, nous comptons 85 à 90 milles.

Le 19, nous remontons lentement le fleuve. Le courant est fort, les bancs de sable nombreux et, pour étudier le chenal, nous nous échouons fréquemment.

Nous avons sur notre gauche le bras de Fou-li et Namb-Dinh, qui nous sépare de la chaîne des montagnes bordant de ce côté le delta de très-près.

De Hong-yen à Hâ-noï, nous comptons 40 milles. Le 22 décembre à trois heures et demie du soir, nous arrivons à cette ville, capitale de la province de ce nom. C'est la ville la plus importante du pays, quoique depuis l'établissement des Annamites au Tong-kin, elle soit déchue de son rang de capitale du royaume.

Pendant le trajet, nous recevions à tout moment de petits mandarins envoyés par le vice-roi de la province d'Hâ-noï pour faire rebrousser chemin à l'expédition, Nous avançons toujours. Avant notre arrivée, les mandarins avaient fait cacher toutes les barques qui se trouvaient sur le fleuve, dans l'intérieur du pays, le commissaire royal ayant avisé les autorités de mon intention de remonter au Yûn-nân. Cependant, comme ils pensaient que je ne devais pas ignorer leurs intrigues et tous les obstacles qu'ils me suscitaient le long de la route, ils craignirent peut-être des représailles, car ils autorisèrent les négociants chinois d'Hâ-noï à nous faire une réception à mon arrivée. Le 23 décembre, les principaux notables cantonnais nous reçurent dans leur Koueï-Kouang (maison commune).

Les Annamites employaient tous les moyens pour parvenir à nous isoler complétement. Les mandarins annonçaient au peuple que nous allions tout saccager, tout brûler. Terrifiés par ces discours, la plupart des habitants prirent la fuite mais bientôt, détrompés par notre attitude pacifique, ils revinrent en foule.

Nous restâmes là quelque temps, mouillés en face la ville, malgré le mauvais vouloir des autorités. A Hâ-noï, le fleuve a une largeur de 7 à 800 mètres. La ville marchande, qui se trouve entre la citadelle et le fleuve, peut avoir environ 100 000 âmes. La citadelle ne renferme que les soldats, les fonctionnaires et les établissements publics. L'entrée en est interdite au peuple, contrairement à ce qui se passe en Chine.

Il y a beaucoup de grands magasins chinois peu ou presque point occupés. Des maisons, qui pourraient contenir cinquante personnes et plus, en renferment à peine aujourd'hui une dizaine. Le commerce a considérablement diminué depuis la conquête du pays par les Annamites. La colonie chinoise, qui occupe le plus beau quartier, compte environ 2 000 personnes.

Je passe ici sur les difficultés que me suscitèrent les Annamites pour m'empêcher de remonter au Yûn-nân. Ce sujet m'entraînerait trop loin et j'aborde plus particulièrement le Tong-kin, sous un point de vue général.

Quelques mots d'abord sur la navigation. Quand le pays sera définitivement ouvert au commerce, la navigation s'effectuera par le Thaï-Binh et le Cua-loc pour remonter à Hâ-noï et de là aux frontières de Chine. La barre du Thaï-Binh, à marée haute, peut laisser passer des navires de 3m,50 à 4 mètres pendant les huit mois des hautes eaux (mai-décembre). Pendant les cinq autres mois (saison sèche) les navires de ce tonnage seront obligés de transborder dans le Cua-loc, sur des bateaux de rivière à fond plat et calant de 1m, 80 à 2 mètres, pour remonter à Hâ-noï.

La navigation du fleuve Rouge est gênée par de nombreux bancs de sable mouvant qui se déplacent tour à tour chaque année. L'hydrographie complète du delta faite en ces derniers temps par MM. Bouillet et Héraud fera connaître tous ces obstacles aux navigateurs de la manière la plus exacte.

Le Cua-loc renferme dans son chenal très-peu de bancs de sable, à cause de la direction du cours d'eau lui-même et de la faiblesse du courant.

Dans le Cua-cam pourront toujours aborder les grands navires jusqu'à 6 mètres, 6^{m},50.

De Haï-phong, on peut remonter à Hâ-noï en suivant le Cam et le canal Song-chi pendant les hautes eaux (mai-décembre), mais ce voyage ne peut se faire avec de grands navires et la force du courant l'emporte sur celle du Cualoc.

Quoiqu'il y ait assez d'eau en hiver dans le Cam, on n'en trouve pas en quantité suffisante dans le Song-chi de décembre à mai et on se trouve dans l'obligation de descendre le Thaï-Binh, après avoir remonté le Cam. Mieux vaut alors prendre tout de suite l'entrée du Thaï-Binh.

La partie navigable du fleuve Rouge compte environ 414 milles, que je fixe ainsi qu'il suit :

De l'entrée du fleuve Thaï-Binh à Hâ-noï par le Cua-loc.	110	milles.
De Hâ-noï à Son-tay........................	32	—
De Son-tay à Kouen-ce (poste avancé annamite)......	87	—
De Kouen-ce à Lâo-kaï (à travers les forêts)........	115	—
De Laô-kaï à Mang-hao........................	70	—
	414	—

Par le Cam et le Song-chi, la distance est à peu près la même.

. . . .

Les Tongkinois ont l'esprit du négoce poussé plus loin que les Cochinchinois; ils sont aussi plus laborieux et font commerce de tout. Ils aiment le gain, mais ils le dissipent avec la même ardeur qu'ils l'acquièrent et n'ont aucun souci du lendemain. En cela, ils diffèrent beaucoup de l'Arabe, qui cache soigneusement son argent et vit de peu. Le Tongkinois, lui, est prodigue; c'est un grand enfant plein d'insouciance. Il aime le bruit, les réjouissances, les fêtes. Il s'épuise en prodigalités somptueuses dans les cérémonies d'apparat et dans les pratiques funéraires. Son caractère se rapproche davantage du caractère du Chinois, qui cependant, plus soucieux de l'avenir, ne jette pas aussi follement ses dépenses.

Les Tongkinois prennent souvent leurs repas les uns chez les autres, et c'est à table qu'ils traitent ordinairement leurs affaires. Ils sont très-gais de leur nature, doués d'une agilité merveilleuse et d'une adresse peu commune.

Ils ont assez de penchant vers la franchise et sont loin d'avoir la fourberie de leurs voisins les Cochinchinois.

Tels sont les principaux traits de cette sympathique population, la plus douce de l'Extrême-Orient.

Les Tongkinois ont le nez moins épaté que les Chinois et les pommettes plus saillantes. Ils ont des membres un peu frêles, la barbe peu fournie et le teint olivâtre. La figure des hommes est peut-être trop carrée et celle des femmes trop ronde, mais ils rachètent ces défauts par d'autres avantages, tels que la belle prestance du port, la finesse de la peau, et de beaux yeux noirs cachés sous d'épais sourcils. Ils ne coupent jamais leurs cheveux qui sont, d'un noir d'ébène, et les portent aussi longs qu'ils peuvent devenir. Ils les rassemblent derrière la tête en forme de chignon et les maintiennent dans cette position à l'aide d'une épingle. Leur taille est d'ordinaire plutôt petite que grande. Un des traits caractéristiques de leurs mœurs consiste dans l'habitude qu'ils ont d'échanger des cadeaux en toute circonstance. Il ne faut pas songer à se présenter nulle part sans être précédé ou suivi d'une offrande.

Le bétel est en grand honneur au Tong-kin ainsi que dans les autres provinces de la Cochinchine. La consommation de cette substance est aussi pratiquée dans le sud du Yûn-nân, mais peu dans le reste de la Chine.

Personne, fonctionnaire, notable ou bourgeois, ne sortirait sans être suivi d'un domestique portant une boîte élégante où est contenu le bétel, du tabac, de la noix d'arec, et, si le promeneur est un lettré, des pinceaux et de l'encre.

Les pauvres pullulent au Tong-kin. Cela tient à l'absence de commerce avec l'extérieur, d'une part, de l'autre, à l'exubérance de la population et à la tyrannie exercée par les mandarins de Hué.

Le Chinois donnera toujours, à tout ce qui est Chinois, la préférence sur ce qui vient du dehors. Le Tongkinois, au contraire, est avide de tout produit étranger, jusqu'au costume européen dont il est fier de se revêtir en haine du vêtement annamite. Ils nous tourmentaient sans cesse pour obtenir de nous nos mauvaises chaussures et nos chapeaux. Dès qu'un tel peuple se croira suffisamment protégé par les Français, il acceptera avec enthousiasme nos idées, nos usages, notre costume même en l'appropriant à son climat.

Les missionnaires ont signalé depuis longtemps la haine que les Tongkinois ont vouée aux Cochinchinois, leurs dominateurs. Nous ne pouvions trouver parmi les populations du sud de l'Annam, lors de notre expédition de Cochinchine, le même enthousiasme que les Français devaient rencontrer au Tong-kin. L'autorité a plus d'influence en Cochinchine, de plus forts liens l'attachent aux populations dans le sein desquelles sont pris les fonctionnaires qui administrent le pays et qui sont donnés au Tong-kin.

Leurs foires et leurs marchés sont très-nombreux; mais là se borne l'étendue de leurs relations commerciales qui consistent dans la vente et l'échange des denrées et articles de ménage.

La principale culture est celle du riz, vient ensuite la soie. On cultive le mûrier dans les torres élevées, au-dessus de Hâ-noï, dans la province de Son-tay, de Hung-hoa, de Bac-Ninh, principalement dans la vallée de Thaï-nguyen. Le développement de cet arbre demandant un terrain sec, on le cultive de préférence dans le haut delta. La culture du mûrier coïncide presque partout avec celle du coton. On cultive la canne à sucre un peu de tous côtés, principalement dans les terrains élevés des provinces d'Hâ-noï, Son-tay, Bac-Ninh un peu au nord de Haï-Dzuong, mais surtout dans la province de Hung-hoa. Toutes les cultures de quelque étendue sont situées dans le haut delta; on ne rencontre dans le bas que des parcelles isolées au milieu des rizières. Partout où croît le mûrier, on élève les vers à soie, mais la vallée de Thaï-nguyen est surtout le centre de cette industrie.

Après le riz, le principal objet du commerce est la soie. Viennent ensuite le sucre, le coton qui monte au Kouang-si en attendant que la route du Yûn-nân soit libre, le ricin, la cannelle, l'indigo, etc. Jusqu'à ces derniers temps, le roi de Hué s'était réservé le monopole du commerce du riz. Il était défendu au peuple, sous les peines les plus sévères, de quitter le Tong-kin pour aller commercer au dehors, d'où il aurait pu rapporter des goûts d'indépendance. La même defense était faite aux habitants du reste de l'Annam, et il leur était interdit d'avoir des relations avec Saïgon. De tous les peuples voisins, les Chinois seuls avaient le droit de venir commercer au Tong-kin, en vertu des droits de suzeraineté que la Chine a toujours gardés sur l'Annam.

Les soies produites par le Tong-kin sont des soies légères; elles sont bon marché en raison du bas prix de la main d'œuvre (0 fr. 30 par jour), mais filées très-défectueusement. Les cocons sont plus petits que les cocons de Chine; il y a une plus grande abondance de jaunes que de blancs. Les Tongkinois sont très-habiles à fabriquer toutes sortes d'objets en tabletterie.

Dans la plus grande partie du delta, la récolte du riz se fait deux fois par an. Dans la vallée du fleuve, où l'eau séjourne plus longtemps, ne pouvant s'étendre comme dans le delta, il n'est guère possible de faire chaque année plus d'une récolte. La plupart des villages possèdent des réservoirs créés lors de la construction des digues et où ils tiennent en réserve l'eau nécessaire à l'irrigation de leurs rizières, quand le besoin s'en fait sentir.

Partout, dans le Tong-kin, on a établi des digues afin de protéger les villages contre les inondations parfois terribles qui envahissent le delta à l'époque des hautes eaux. Ces digues qui embrassent généralement plusieurs villages, apparaissent jusqu'au-dessus de Hung-hoa. Elles servent en même temps de chaussées et leur élévation, qui varie suivant les lieux, atteint quelquefois 7 ou 8 mètres. Sur beaucoup d'entre elles trois voitures pourraient facilement passer de front.

Dans le haut du delta, les récoltes se transportent à l'aide de charrettes à bœufs ou de brouettes à bras; dans le bas, les hommes plus généralement portent les fardeaux. Ils se servent d'un bambou ferré aux deux bouts et dont chaque extrémité supporte l'anse d'un panier destiné à contenir la charge. Ainsi équipés, ils courent au pas gymnastique, comme le porteur chinois.

Leurs brouettes sont très-pratiques. La roue au lieu d'être en avant, est placée au centre et supporte tout le poids. Il n'y a plus qu'un effort de traction à opérer. La roue est garantie par des parois établies autour de son mouvement de rotation. L'homme passe autour de son cou une courroie qui vient s'attacher aux deux bras de la brouette. De chaque côté de ce commode véhicule sont aménagées des banquettes pour porter des voyageurs ou des marchandises. Les gens pauvres seuls font usage de ce moyen de locomotion. Les gens aisés voyagent dans des filets.

La plupart des maisons de village sont construites en

bois ou en torchis entremêlé de bambous et couvertes en chaume. Celles des gens aisés sont couvertes en tuiles.

Toute la population est concentrée dans les villages plus ou moins considérables. On ne voit pas, comme en Chine, de maisons isolées, de fermes éparses çà et là dans la campagne. Tous ces villages sont entourés d'une ceinture de bambous qui les cachent au regard.

La plus grande partie des communes est composée d'agriculteurs; il en est d'autres dont les habitants sont charpentiers, menuisiers, forgerons, tisserands, scieurs de long, etc., j'en ai vu qui ne faisaient que des cercueils.

Les agriculteurs constituent sans contredit la partie la plus saine et la plus morale de la population. La classe des mandarins, adonnée aux plaisirs énervants de l'opium et de la débauche, ne songe qu'à opprimer le peuple, à lui soutirer de l'argent et à lui vendre la justice. Son unique souci est d'accroître ses revenus.

L'armée est plutôt imaginaire que réelle au Tong-kin. Les mandarins ont amené de la Cochinchine un certain nombre de soldats pour tenir le peuple sous le joug. Le reste de l'armée est formé par la milice tongkinoise, qui ne veut combattre pour ses oppresseurs et qui en raison de sa prédominance numérique dans la masse de l'armée, amène facilement la défection des troupes en prenant la fuite dès qu'il y a apparence de danger.

On me parlait d'une armée de 50 000 hommes au Tong-kin; mais je déclare n'avoir jamais vu devant moi plus de 1500 à 2000 hommes; à la vérité, les soldats se trouvaient répandus un peu partout. Les mandarins de Hué ne sont pas partisans des grandes masses, ils savent trop bien le peu de cohésion dont est susceptible leur armée, qui est plus particulièrement habile à entourer et cerner l'ennemi.

Les manœuvres s'exécutent avec force grimaces, il faut les voir gambader, courir, danser, couper le cou avec une facilité extrême; mais, le moindre danger vient-il à survenir, tous ces habiles jongleurs sont bien vite en déroute.

. . . .

Les Tongkinois désignent, dans la langue vulgaire, la grande artère qui descend du Yûn-nân, par le nom de Song-ca (le grand fleuve) ou de Song-caï (le plus grand fleuve ou le fleuve supérieur). Les missionnaires ont adopté cette dénomination dès l'origine sans bien la comprendre.

Les habitants désignent par la même raison, la ville de Hâ-noï (1) sous le nom de Caï-tcheu (le plus grand marché) d'où les missionnaires ont fait Kaïtcho ou Ketcho. On demanderait en vain aux habitants des environs d'Hâ-noï la ville de Ketcho. Les missionnaires établis loin de Hâ-noï entendaient souvent dire aux habitants qu'ils se rendaient à Caï-tcheu (le marché par excellence) et ils conclurent que la ville se nommait ainsi.

Le mot Tong-kin, qui signifie en chinois *cour de l'est*, a été donné à la ville d'Hâ-noï par un roi tongkinois, Lili, mort en 1432, par opposition à Tsin-hiao-fou, *cour de l'ouest*, suivant l'histoire chinoise.

Ce nom a été étendu par tous les Européens au pays lui-même. Les Chinois et les Annamites appliquent au Tong-kin une appellation différente. Ces derniers le désignent sous le nom de *Bac-ki.* Tous les missionnaires qui ont écrit le mot Tong-kin ont employé la consonne *g*. A mon avis, cette orthographe est défectueuse, ce n'est pas *king* (kingue) que l'on prononce, mais bien *kin* (kine). Puisqu'il est admis aujourd'hui qu'on doit écrire Pékin et Nankin sans *g*, il n'y a aucune raison pour faire du mot Tong-kin une exception. Ce mot doit se conformer à l'orthographe chinoise admise, puisqu'il est soumis à la prononciation de cette langue.

. . . .

Je ne parlerai pas ici des difficultés de toutes sortes par lesquelles les Annamites cherchèrent à entraver ma marche vers le Yûn-nân. Devant ce parti pris, je passai outre. Les

(1) L'intérieur du fleuve.

négociants chinois m'indiquèrent en secret l'endroit où, par ordre des mandarins, leurs barques étaient cachées, et laissant mes navires à Hâ-noï, je me mis en route pour la Chine.

Quand les Annamites me virent partir, ils me firent annoncer qu'on avait donné des ordres au général qui commandait les troupes à Kouen-ce pour m'empêcher de passer et que je n'irais pas plus loin.

Nous eûmes bientôt dépassé Son-tay, qui se présente à 32 milles d'Hâ-noï. Arrivés à Kouen-ce, nous vînmes mouiller juste en face le camp du général annamite. Cette bravade l'intimida, il nous dépêcha de suite son aide de camp. Nous descendîmes à terre où il nous fit une charmante réception. Il avait deux éléphants dressés auxquels il fit exécuter devant nous toutes sortes d'exercices. Nous lui fîmes quelques cadeaux et nous partîmes. Mais nous nous trouvons bientôt en présence d'autres obstacles. On avait déjà commencé l'établissement d'un immense barrage auquel il ne manquait que la porte pour être terminé. Nous pûmes néanmoins faire passer nos barques l'une après l'autre. Cette opération achevée, nous nous retrouvâmes au milieu de cette magnifique région des forêts dont l'aspect est si imposant et où l'abondante végétation recouvre tant de richesses. Nous revîmes Lào-kaï, Mang-hao, où je fus reçu à bras ouverts, ainsi que dans toutes les villes du Yûn-nân où je passais pour me rendre à la capitale.

. . . .

Enfin, un grand pas était fait. La navigabilité du fleuve était démontrée, une nouvelle route vers la Chine trouvée, et une telle découverte était en soi une source d'incalculables avantages. Pour consolider et accroître ces premiers résultats que fallait-il? Un peu d'énergie et de persévérance. Fort de l'appui et du concours bienveillant des hautes influences dont j'étais entouré, j'étais assuré du succès.

Ce premier pas fait dans l'accomplissement de mes desseins n'était, du reste, dans mon esprit que le point de départ de travaux à venir importants et proportionnés à la grandeur du but. C'est ainsi que dans mon imagination je me voyais attirant dans ces parages une puissante colonie venue de France qui, profitant des bienfaits de l'ouverture du pays, aurait contribué à la rendre durable. Il y avait du travail pour tous et d'immenses fortunes à faire.

Je me voyais aussi établissant une voie ferrée dans la vallée du fleuve, et épuisant enfin toutes les mesures propres à rendre impérissable la réalisation définitive du plus cher rêve de ma vie.

Mais, hélas! à quoi bon rappeler ces choses, aujourd'hui que mon œuvre brisée ne me laisse que de douloureux souvenirs.

Dans la réalisation de mes projets, je voyais encore l'accroissement de l'influence de la France, de la patrie d'où il faut avoir été longtemps éloigné, pour sentir tout l'amour qui nous y attache. Enfin, je voyais aussi une question d'humanité. Il me semblait beau d'admettre aux bienfaits de la civilisation des peuples à demi barbares, tout disposés à sortir de l'ombre où ils sont plongés pour marcher à la lumière des idées modernes, et j'étais tout fier d'offrir à la France l'occasion d'exercer une fois de plus et d'une façon éclatante la mission qu'elle semble avoir reçue en partage et qui consiste à conquérir par l'intelligence tous les peuples déshérités.

J. Dupuis.

La température est excellente au Tong-kin. Mon thermomètre est quelquefois monté dans les plus fortes chaleurs à 35° centigrades, il n'est jamais descendu en hiver à moins de 7° au-dessus de zéro, cependant les missionnaires m'ont assuré l'avoir vu à 5°. Les mois d'avril et mai sont les plus pénibles à passer, ils finissent avec la saison sèche.

Voici quelques observations faites le long du fleuve Rouge, qui offriront peut-être quelque intérêt.

		h.	centig.
A Mang-hao..........	le 18 avril 1873	5 matin	19°
» »	» » »	2 soir	22°
» »	» » »	7 »	21°
» »	19 » »	5 matin	19° 1/2
» »	» » »	2 soir	25° 1/2
» »	» » »	7 »	22°
» »	20 » »	5 matin	20°
» »	» » »	2 soir	26°
» »	» » »	7 »	24°
Entre Mang-hao. et Sin-kaï....	21 » »	5 matin	20°
» »	» » »	2 soir	28°
» »	» » »	7 »	27°
Sin-kaï..............	22 » »	5 matin	25°
»	» » »	2 soir (pluie)	23°
Entre Sin-kaï et Lâo-kaï	» » »	7 » »	21°
Lâo-kaï.............	23 » »	5 matin	22°
»	» » »	2 soir	29°
»	» » »	7 »	27°
Lâo-kaï.............	24 » »	5 matin	25°
»	» » »	2 soir	29° 1/2
»	» » »	7 »	29°
Départ de Lâo-kaï.....	25 » »	5 matin	25°
au-dessous »	» » »	2 soir	29°
» »	» » »	7 »	28° 1/2
Touen-hia...........	26 » »	5 matin	26°
Départ de » ...	» » »	2 soir	28°
au-dessous » ...	» » »	7 »	27°
» » ...	27 » »	5 matin	25° 1/2
» » ...	» » »	2 soir (pluie)	27°
» » ...	» » »	7 »	27°
Kouen-ce...........	28 » »	5 matin	25°
au-dessous..........	» » »	2 soir	29° 1/2
» ...	» » »	7 » (orage)	25°
Hung-hoa..........	29 » »	5 matin	24°
au-dessous » ..	» » »	2 soir	29° 1/4
» » ..	» » »	7 »	29°
» » ..	30 » »	5 matin	27°
Hâ-noï 30 avril 1873		2 soir	29°
» » »		7 »	28°
» 1er mai »		5 matin	27°

			h.		centig.	
Hà-noï	1er mai	1873	2	soir	31°	
»	»	»	7	»	30°	
»	2 mai	»	5	matin	26°	
»	»	»	2	soir	32°	
»	»	»	7	»	30° 1/2	
»	3 mai	»	5	matin	27°	
»	»	»	2	soir	33°	
»	»	»	7	»	31°	
»	4 mai	»	5	matin	23°	pluie.
»	»	»	2	soir	24° 1/2	
»	»	»	7	»	24°	
»	5 mai	»	5	matin	24°	
»	»	»	2	soir	26°	couvert.
»	»	»	7	»	25°	
»	6 mai	»	5	matin	24°	
»	»	»	2	soir	28°	
»	»	»	7	»	26°	
»	7 mai	»	5	matin	25°	
»	»	»	2	soir	28° 1/2	
»	»	»	7	»	27°	
»	8 mai	»	5	matin	25° 1/2	
»	»	»	2	soir	31°	
»	»	»	7	»	28°	
»	9 mai	»	5	matin	27°	
»	»	»	2	soir	31°	
»	»	»	7	»	29°	
»	10 mai	»	5	matin	27°	
»	»	»	2	soir	31°	
»	»	»	7	»	30°	
»	11 mai	»	5	matin	27°	
»	»	»	2	soir	31°	
»	»	»	7	»	30°	
»	12 mai	»	5	matin	27°	
»	»	»	2	soir	30° 1/2	demi couvert.
»	»	»	7	»	30°	
»	13 mai	»	5	matin	27°	
»	»	»	2	soir	31°	
»	»	»	7	»	30°	
»	14 mai	»	5	matin	27°	
»	»	»	2	soir	31°	
»	»	»	7	»	30°	

			h.	centig.	
Ha-noï	15 mai	1873	5 matin	28°	
»	»	»	2 soir	32°	
»	»	»	7 »	30° 1/2	
»	16 mai	»	5 matin	28°	
»	»	»	2 soir	33°	
»	»	»	7 »	30° 1/2	
»	17 mai	»	5 matin	28°	demi couvert.
»	»	»	2 soir	32°	»
»	»	»	7 »	30°	»
»	18 mai	»	5 matin	27°	
»	»	»	2 soir	34°	
»	»	»	7 »	31°	
»	19 mai	»	5 matin	29°	
»	»	»	2 soir	33°	
»	»	»	7 »	31°	
»	20 mai	»	5 matin	29°	
»	»	»	2 soir	33°	
»	»	»	7 »	31°	
»	21 mai	»	5 matin	28° 1/2	
»	»	»	2 soir	33°	
»	»	»	7 »	31°	
»	22 mai	»	5 matin	28°	
»	»	»	2 soir	32°	
»	»	»	7 »	31° 1/2	
»	23 mai	»	5 matin	26°	
»	»	»	2 soir	34°	
»	»	»	7 »	29°	
»	24 mai	»	5 matin	27°	
»	»	»	2 soir	32° 1/2	
»	»	»	8 »	29° 1/2	couvert.
»	25 mai	»	5 matin	27°	
»	»	»	2 soir	32° 1/2	
»	»	»	8 »	29° 1/2	
»	26 mai	»	5 matin	27°	
»	»	»	2 soir	32°	
»	»	»	8 »	32°	orage.
»	27 mai	»	5 matin	28°	
»	»	»	2 soir	31°	
»	»	»	8 »	30°	brise N.-O.
»	28 mai	»	5 matin	28°	
»	»	»	2 soir	32°	

			h.	centig.	
Hà-noï	28 mai	1873	8 »	31°	
»	29 mai	»	5 matin	29°	
»	»	»	2 soir	32° 1/2	
»	»	»	8 »	31°	vents variables.
»	30 mai	»	5 matin	29°	
»	»	»	2 soir	31°	
»	»	»	8 »	30° 1/2	brise S.-E.
»	31 mai	»	5 matin	29°	
»	»	»	2 soir	32°	
»	»	»	8 »	30°	couvert, pluie.
»	1er juin	»	5 matin	27°	
»	»	»	3 soir	32°	
»	»	»	8 »	30°	un peu de pluie.
»	2 juin	»	5 matin	29°	
»	»	»	3 soir	31°	
»	»	»	8 »	30°	
»	3 juin	»	5 matin	28°	pluie pendant la nuit.
»	»	»	3 soir	28°	couvert.
»	»	»	8 »	28°	»
»	4 juin	»	5 matin	27°	»
»	»	»	3 soir	30°	»
»	»	»	8 »	29°	»
»	16 juin	»	3 soir	34° 3/4	clair.
»	»	»	8 »	33°	»
»	17 juin	»	6 matin	33° 1/2	
»	»	»	midi	34°	
»	»	»	5 soir	34°	
»	18 juin	»	6 matin	32°	
»	»	»	midi	32°	un peu de pluie.
»	19 juin	»	6 matin	30°	
»	»	»	4 soir	32°	un peu couvert.
»	20 juin	»	6 matin	30°	
»	»	»	4 soir	31°	
»	21 juin	»	6 matin	30°	
»	»	»	4 soir	31°	
»	22 juin	»	6 matin	28°	pluie.
»	»	»	4 soir	28°	»
»	23 juin	»	6 matin	28°	
»	»	»	4 soir.	29°	un peu de pluie.
»	24 juin	»	6 matin	28°	
»	»	»	4 soir	29°	pluie.

			h.	centig.	
Hà-noï	25 juin	1873	6 matin	28°	
»	»	»	4 soir	29°	couvert.
»	26 juin	»	6 matin	28°	
»	»	»	4 soir	29°	couvert.
»	27 juin	»	6 matin	29°	
»	»	»	4 soir	30°	demi couvert, pluie.
»	28 juin	»	6 matin	29°	
»	»	»	4 soir	30°	demi couvert.
»	29 juin	»	6 matin	30°	
»	»	»	4 soir	30° 1/2	clair.
»	30 juin	»	6 matin	31°	
»	»	»	4 soir	30° 1/2	clair.
»	1er juillet	»	5 matin	29°	beau clair.
»	»	»	midi	30° 1/2	» »
»	»	»	4 soir	32°	» »
»	»	»	10 »	38°	» »
»	2 juillet	»	5 matin	30°	» »
»	»	»	midi	32°	» »
»	»	»	4 soir	33°	» »
»	»	»	10 »	31°	» »
»	3 juillet	»	5 matin	30°	» »
»	»	»	midi	31°	» »
»	»	»	4 soir	33°	un peu couvert.
»	»	»	10 »	31°	» »
»	4 juillet	»	5 matin	31°	couvert.
»	»	»	midi	31°	»
»	»	»	4 soir	32°	»
»	»	»	10 »	31°	»
»	5 juillet	»	5 matin	29°	demi couvert, brise fraîche.
»	»	»	midi	30°	» »
»	»	»	4 soir	31°	» »
»	»	»	10 soir	30°	» »
»	6 juillet	»	5 matin	29°	demi couvert, un peu de pluie.
»	»	»	midi	30°	demi couvert, un peu de pluie.
»	»	»	4 soir	31°	demi couvert, un peu de pluie.
»	»	»	10 »	30°	demi couvert, un peu de pluie.
»	7 juillet	»	5 matin	29°	temps clair, petite brise.

			h.	centig.	
Ha-noï	7 juillet	1873	midi	30°	temps clair, petite brise.
»	»	»	4 soir	31°	» »
»	»	»	10 »	30°	» »
»	8 juillet	»	5 matin	29°	» »
»	»	»	midi	30°	» »
»	»	»	4 soir	32°	» »
»	»	»	10 »	31°	» »
»	9 juillet	»	5 matin	30°	temps clair, calme.
»	»	»	midi	31°	» »
»	»	»	4 soir	33°	» »
»	»	»	10 »	31°	» »
»	10 juillet	»	5 matin	31°	demi couvert, orage.
»	»	»	midi	32°	» »
»	»	»	4 soir	32 1/2	» »
»	»	»	10 »	31°	» »
»	11 juillet	»	5 matin	29°	demi couvert, un pou de pluie.
»	»	»	midi	30°	demi couvert, un peu de pluie.
»	»	»	4 soir	31°	demi couvert, un peû de pluie.
»	»	»	10 »	30°	demi couvert, un peu de pluie.
»	12 juillet	»	5 matin	30°	clair.
»	»	»	midi	31°	»
»	»	»	4 soir	32° 1/2	pluie.
»	»	»	10 »	29°	pluie.
»	13 juillet	»	5 matin	30°	demi couvert, un peu de pluie.
»	»	»	midi	31°	demi couvert, un peu de pluie.
»	»	»	4 soir	32°	demi couvert, un peu de pluie.
»	»	»	10 »	31°	demi couvert, un peu de pluie.
»	14 juillet	»	5 matin	30°	demi couvert, beau.
»	»	»	midi	30°	» »
»	»	»	4 soir	31°	» »
»	»	»	10 »	30°	» »
»	15 juillet	»	5 matin	30°	» »
»	»	»	midi	31°	» »

			h.	centig.		
Ha-noï	15 juillet	1873	4 soir	32°	demi couvert,	beau.
»	»	»	10 »	31°	»	»
»	16 juillet	»	5 matin	30°	»	»
»	»	»	midi	31°	»	»
»	»	»	4 soir	32° 1/2	»	»
»	»	»	10 »	31°	»	»
»	17 juillet	»	5 matin	31°	»	calme.
»	»	»	midi	32°	»	»
»	»	»	4 soir	33°	»	»
»	»	»	10 »	31°	»	»
»	18 juillet	»	5 matin	30°	»	petite brise.
»	»	»	midi	31°	»	»
»	»	»	4 soir	32°	»	»
»	»	»	10 »	30°	»	»
»	19 juillet	»	5 matin	29°	couvert,	pluie.
»	»	»	midi	29°	»	»
»	»	»	4 soir	29°	»	»
»	»	»	10 »	29°	»	»
»	20 juillet	»	5 matin	28°	»	
»	»	»	midi	28°	»	
»	»	»	4 soir	28° 1/2	»	
»	»	»	10 »	28°	»	
»	21 juillet	»	5 matin	28°	clair,	brise fraîche.
»	»	»	midi	29°	»	»
»	»	»	4 soir	30° 1/2	»	»
»	»	»	10 »	30°	»	»
»	22 juillet	»	5 matin	29°	»	
»	»	»	midi	30° 1/2	»	
»	»	»	4 soir	31°	»	pluie.
»	»	»	10 »	29°	»	»
»	23 juillet	»	5 matin	29°	couvert.	
»	»	»	midi	30°	»	
»	»	»	4 soir	29° 1/2	pluie.	
»	»	»	10 »	29°	»	
»	24 juillet	»	5 matin	28°	couvert,	brise fraîche.
»	»	»	midi	28° 1/2	»	»
»	»	»	4 soir	28° 1/2	»	»
»	»	»	10 »	28°	»	»
»	25 juillet	»	5 matin	28°	»	»
»	»	»	midi	29°	»	»
»	»	»	4 soir	30°	»	»

			h.	centig.	
Ha-noï	22 juillet	1873	10 »	29°	couvert, brise fraîche.
»	26 juillet	»	5 matin	27°	pluie toute la nuit et la journée.
»	»	»	midi	27°	pluie toute la nuit et la journée.
»	»	»	4 soir	27°	pluie toute la nuit et la journée
»	»	»	10 »	27°	pluie toute la nuit et la journée.
»	27 juillet	»	5 matin	26°	pluie toute la nuit et la journée.
»	»	»	midi	26°	pluie toute la nuit et la journée.
»	»	»	4 soir	26°	pluie toute la nuit et la journée.
»	»	»	10 »	26°	pluie toute la nuit et la journée.
»	28 juillet	»	5 matin	25°	pluie toute la nuit et la journée.
»	»	»	midi	25° 1/2	pluie toute la nuit et la journée.
»	»	»	4 soir	26°	clair.
»	»	»	10 »	25°	»
»	29 juillet	»	5 matin	25°	beau, demi couvert.
»	»	»	midi	27°	» »
»	»	»	4 soir	29°	» »
»	»	»	10 »	28°	» »
»	30 juillet	»	5 matin	28°	couvert.
»	»	»	midi	29°	»
»	»	»	4 soir	29°	»
»	»	»	10 »	28°	»
»	31 juillet	»	5 matin	27°	
»	»	»	midi	28°	
»	»	»	4 soir	28°	
»	»	»	10 »	28°	pluie la nuit, beau.

AOÛT.

	5 h. m.	midi.	4 h. s.	10 h. s.	
1er	27 1/2	28	28 1/2	28	beau, demi couvert.
2	27 1/2	28	29	28	» »
3	28	29	30	28	demi couv. pluie le s. et la nuit.

	5 h. m.	midi.	4 h. s.	10 h. s.	
4	27 1/2	28	28	28	pluie une partie de la journée.
5	26	27	28	28	clair, pluie dans la nuit.
6	27 1/2	28	29	28	un peu de pluie la nuit et le matin.
7	27 1/2	28	28	27 1/2	pluie une partie de la journée.
8	27	28	28 1/2	28	beau, demi couvert.
9	27 1/2	28 1/2	29	27 1/2	clair, un peu de pluie la nuit.
10	28	29	30 1/2	30	clair.
11	30	31	32	30	clair, orage et pluie à 8 h. du soir.
12	29	30	31 1/4	31	clair.
13	30	31	32 1/2	32	clair.
14	31	32	33 1/4	33	clair.
15	32	33	33 1/2	32 1/2	clair, un peu couvert le soir.
16	31	32 1/2	33	31	clair, un peu de vent.
17	30	31 1/2	32	31	pluie nuit, vent d'E assez fort.
18	30	31	32	31	» »
19	30	31	32	31	clair.
20	30	31	31	30	couv., un peu de pluie le soir.
21	29	29	29	28 1/2	forte pluie.
22	28	29	29 1/2	29	un peu de pluie la nuit.
23	28 1/2	29 1/2	30	30	pluie le matin.
24	29	30	31	30 1/2	clair.
25	29 1/2	30	32	30	clair, orage et pluie le soir.
26	29	30	29	28 1/2	couvert, pluie.
27	27 1/2	28 1/2	29	28 1/2	un peu couvert, pluie.
28	28	29	29 1/2	29	clair.
29	29	30	31	30	clair.
30	30	30	30 1/2	30	demi couvert.
31	29	30	30 1/2	30	clair.

PARIS. — IMPRIMERIE DE E. MARTINET, RUE MIGNON, 2

www.ingramcontent.com/pod-product-compliance
Ingram Content Group UK Ltd.
Pitfield, Milton Keynes, MK11 3LW, UK
UKHW020203200726
13856UKWH00003B/1170

9 782013 538985